# Кот Шредингера
*Квантовый мир поэзии*

Translated to Russian from the English version of
**Schrödinger's Cat**

Devajit Bhuyan

**Ukiyoto Publishing**

Все международные издательские права принадлежат

**Ukiyoto Publishing**

Опубликовано в 2023

Содержание Авторское право © Devajit Bhuyan

**ISBN 9789360166786**

*Все права защищены.
Никакая часть этой публикации не может быть воспроизведена, передана или сохранена в поисковой системе в любой форме любыми средствами, электронными, механическими, фотокопировальными, записывающими или иными, без предварительного разрешения издателя.
Моральные права автора подтверждены.*

*Данная книга продается с условием, что она не будет передаваться во временное пользование, перепродаваться, сдаваться в прокат или иным образом распространяться без предварительного согласия издателя в любом виде переплета или обложки, отличном от того, в котором она опубликована.*

www.ukiyoto.com

*Посвящается Эрвину Шредингеру, Максу Планку и Уорнеру Гейзенбергу, трем мушкетерам квантовой физики*

# Содержание

| | |
|---|---|
| Энтропия убьет | 2 |
| Дуальность материи и энергии | 3 |
| Параллельные вселенные | 4 |
| Важность наблюдателя | 5 |
| Искусственный интеллект | 6 |
| Не нарушайте временное измерение | 7 |
| Однажды | 8 |
| Уравнение Бога | 9 |
| Философские дебаты | 10 |
| Я двигаюсь дальше и дальше | 11 |
| Игра в Бога и физику | 12 |
| Жила-была машина под названием "Телекс | 13 |
| Мой разум | 14 |
| Если Мультивселенная - это правда | 15 |
| Трение | 16 |
| То, что мы знаем, - ничто | 17 |
| Дни истины наступают | 18 |
| Дифференциация и интеграция | 19 |
| Орел в голоде | 20 |
| Когда мы становимся старше | 21 |
| Забудьте о рукотворном разделении | 22 |
| Облачные вычисления сделали его невидимым | 23 |
| Мы виртуальны | 24 |
| Сознание жизни | 25 |
| Кот вышел живым | 26 |
| Большой барьер | 27 |
| Жизнь - не роза, но солнце есть | 28 |
| Верховное животное | 29 |

| | |
|---|---|
| О" Ученые, дорогие ученые | 30 |
| Человеческие эмоции и квантовая физика | 31 |
| Что будет с оригинальностью и сознанием? | 32 |
| Когда закончится расширение Вселенной | 33 |
| Реинжиниринг | 34 |
| Бозон Хиттса, частица Бога | 35 |
| Старик и квантовая запутанность | 36 |
| Что будут делать люди? | 37 |
| Пространство-время | 38 |
| Нестабильная Вселенная | 39 |
| Относительность | 40 |
| Что такое время | 41 |
| Мыслить масштабно | 42 |
| Природа заплатила цену за свой собственный процесс эволюции | 43 |
| День Земли | 44 |
| Всемирный день книги | 45 |
| Пусть мы будем счастливы в переходный период | 46 |
| Наблюдатель - это важно | 47 |
| Достаточно времени | 48 |
| Одиночество не всегда плохо | 49 |
| Я против искусственного интеллекта | 50 |
| Этический вопрос | 51 |
| Я не знаю | 52 |
| Я знаю, я был лучшим в крысиных гонках | 53 |
| Создайте свое будущее | 54 |
| Пренебрегаемые измерения | 55 |
| Мы помним | 56 |
| Свободная воля | 57 |
| Завтрашний день - это только надежда | 58 |
| Рождение и смерть в "Горизонте событий | 59 |

| | |
|---|---|
| Конечная игра | 60 |
| Время, таинственная иллюзия | 61 |
| Бог не противится собственной воле | 62 |
| Хорошее и плохое | 63 |
| Люди ценят только некоторые категории | 65 |
| Технология для лучшего завтра | 66 |
| Слияние искусственного и естественного интеллекта | 67 |
| На другой планете | 68 |
| Разрушительный инстинкт | 69 |
| Толстые люди умирают молодыми | 70 |
| Многозадачность - не лекарство | 71 |
| Бессмертный человек | 72 |
| Странное измерение | 73 |
| Жизнь - это постоянная борьба | 74 |
| Летите все выше и выше, почувствуйте реальность | 75 |
| Чтобы справиться с жизнью | 76 |
| Мы состоим только из кучи атомов? | 77 |
| Время - это упадок или прогресс без существования | 78 |
| Фараоны | 79 |
| Lonely Planet | 80 |
| Почему нам нужна война? | 81 |
| Отказаться от постоянного мира во всем мире | 82 |
| Недостающее звено | 83 |
| Уравнения Бога недостаточно | 84 |
| Равенство женщин | 85 |
| Бесконечность | 86 |
| За пределами Млечного Пути | 87 |
| Довольствуйтесь утешительным призом и двигайтесь дальше | 88 |
| Covid19 не удалось застегнуть | 89 |
| Не будьте бедны умом | 90 |

| | |
|---|---|
| Думайте о многом и просто делайте это | 91 |
| Одного мозга недостаточно | 92 |
| Счет и математика | 93 |
| Памяти недостаточно | 94 |
| Больше отдаешь - больше получаешь | 95 |
| Отпустить и забыть - это одинаково важно | 96 |
| Квантовая вероятность | 97 |
| Электрон | 98 |
| Нейтрино | 99 |
| Бог - плохой менеджер | 100 |
| Физика - отец инженерии | 101 |
| Знания людей об атомах | 102 |
| Нестабильный электрон | 103 |
| Фундаментальные силы | 104 |
| Назначение Homo Sapiens | 105 |
| До "Пропавшего звена | 106 |
| Адам и Ева | 107 |
| Воображаемые числа - это сложно | 108 |
| Обратный подсчет | 109 |
| Все начинается с нуля | 110 |
| Этические вопросы | 111 |
| All-Sin-Tan-Cos | 112 |
| Сила огня | 114 |
| Ночь и день | 115 |
| Свободная воля и окончательный результат | 116 |
| Квантовая вероятность | 117 |
| Смертность и бессмертие | 118 |
| Безумная девушка с перекрестка | 119 |
| Атом против молекул | 120 |
| Давайте примем новое решение | 121 |

| | |
|---|---|
| Статистика Ферми-Дирака | 122 |
| Нечеловеческий менталитет | 123 |
| Бизнес-процесс | 124 |
| Покойся с миром (RIP) | 125 |
| Души реальны или воображаемы? | 126 |
| Являются ли все души частью одного пакета? | 127 |
| Ядро | 128 |
| За пределами физики | 129 |
| Наука и религия | 130 |
| Религии и Мультивселенная | 131 |
| Будущее науки и мультиверс | 132 |
| Медоносные пчелы | 133 |
| Тот же результат | 134 |
| Что-то и ничто | 135 |
| Поэзия в лучшем виде | 136 |
| Седые волосы | 137 |
| Нестабильный человек | 138 |
| Пусть поэзия будет простой, как физика | 139 |
| Макс Планк Великий | 140 |
| Важность наблюдателя | 141 |
| Мы не знаем | 143 |
| Что появляется | 144 |
| Эфир | 146 |
| Независимость не абсолютна | 147 |
| Принудительная эволюция, что произойдет? | 148 |
| Умереть молодым | 150 |
| Детерминизм, случайность и свобода воли | 152 |
| Проблемы | 153 |
| Жизнь нуждается в мелких частицах | 155 |
| Боль и наслаждение | 156 |

| | |
|---|---|
| Теория физики | 157 |
| Что бы ни случилось, все равно случилось | 158 |
| Почему эмоции симметричны? | 160 |
| В глубокой тьме также мы движемся дальше | 162 |
| Игра в существование | 163 |
| Естественный отбор и эволюция | 165 |
| Физика и код ДНК | 166 |
| Что такое реальность? | 168 |
| Противоборствующие силы | 170 |
| Измерение времени | 171 |
| Не копируйте, а напишите собственную диссертацию | 173 |
| Цель жизни не является монолитом | 175 |
| Есть ли у деревьев предназначение? | 177 |
| Старое останется золотым | 179 |
| Вызов для будущего | 181 |
| Красота и относительность | 183 |
| Динамическое равновесие | 184 |
| Никто не может меня остановить | 185 |
| Я никогда не стремился к совершенству, но старался совершенствоваться | 186 |
| Учитель | 188 |
| Иллюзорное совершенство | 189 |
| Придерживайтесь своих основных ценностей | 190 |
| Изобретение смерти | 191 |
| Уверенность в себе | 192 |
| Мы оставались грубыми | 193 |
| Почему мы становимся хаотичными? | 194 |
| Жить или не жить? | 196 |
| Большая картина | 197 |
| Расширьте свой кругозор | 198 |

| | |
|---|---:|
| Я знаю. | 200 |
| Не ищите цель и причину | 201 |
| Любить природу | 202 |
| Рожденный свободным | 204 |
| Продолжительность нашей жизни всегда в норме | 206 |
| Мне не жаль | 207 |
| Рано ложиться и рано вставать | 208 |
| Жизнь стала простой | 209 |
| Визуализация волновой функции | 210 |
| Восемь миллиардов | 212 |
| Я | 213 |
| Комфорт опьяняет | 214 |
| Свободная воля и цель | 215 |
| Два типа | 216 |
| Давайте ценить ученых | 217 |
| Жизнь за пределами воды и кислорода | 218 |
| Вода и земля | 220 |
| Физика имеет гармоники | 221 |
| Наука в области природы | 222 |
| Развивающиеся гипотезы и законы | 223 |
| Об авторе | 225 |

# Кот Шредингера

Мы находимся внутри черного ящика, ограниченного пространством, временем, материей и энергией.

В пространстве и времени мы заняты преобразованием энергии в синергию.

Кроме того, мы преобразуем энергию в материю, накапливая жиры в теле.

Но в границах черного ящика наша жизнь заканчивается и все замирает.

Никто не знает, что находится за пределами черного ящика в этой бесконечной галактике.

Нет технологий для физической проверки того, что находится на краю Вселенной.

Тайна за пределами черного ящика, неизвестная сила сохраняет

Мы можем вывести кота Шредингера из ящика.

Но даже тогда выйти из парадокса будет нелегко и не просто.

Чтобы познать окончательную истину жизни, человек всегда будет сталкиваться с проблемами.

# Энтропия убьет

Энтропия Вселенной растет с каждым днем, я чувствую это.

Но у нас нет никаких машин или методов, чтобы замедлить этот процесс.

И у нас нет законов физики, чтобы изобрести машину для сдувания.

Одного знания истины недостаточно, нам нужно решение.

Каждый день на наших глазах происходят нежелательные разрушения.

Чтобы увеличить энтропию, каждый месяц увеличивается численность населения.

Необратимый процесс энтропии скоро может стать максимальным

Человечество и высшие животные будут вынуждены переселиться на Луну

Не смейтесь над старшими поколениями, они недостаточно умны без пластика.

По крайней мере, феномен возрастания энтропии не был деревенским.

# Дуальность материи и энергии

Дуализм материи и энергии очень прост.

Каждый миг миллиарды звезд делают это.

Галактики возникают как материя

А материя галактик исчезает как энергия

Но сумма всех материи и энергии равна нулю

Между ними антиматерия и темная энергия - неизвестный герой.

Каждый миг мы играем с материей и энергией.

Но до изобретения простой техники еще далеко.

В пространстве и времени наше существование ограничено.

В тот день, когда мы освоим простую технологию преобразования материи и энергии

Барьеры времени и пространства не будут оставаться бесконечными

Бог окажется внутри коробки Шредингера с котом

Вселенной могут управлять искусственные разумные роботы, называемые летающими летучими мышами.

# Параллельные вселенные

Религия с незапамятных времен говорила о существовании параллельной вселенной.

Физики и научное сообщество говорили, что это выдумка и невежество.

По мере того, как физика углублялась и не могла объяснить многие природные явления.

Теперь они говорят, что для объяснения этих явлений можно использовать параллельную вселенную.

Но мысли тысячелетней давности ученые не признают.

Физика частиц, субатомная физика - это философская мысль.

Подтвержденная научным экспериментом только по прошествии десятилетий.

Однако аналогичную философию, объясненную в другом языковом формате, они отвергают.

Это синдром мышления "черного ящика" научного сообщества

"То, чего мы не знаем, не является знанием" - это неприемлемо в науке.

Как только параллельная вселенная будет доказана, за осуждение они будут хранить молчание.

# Важность наблюдателя

Когда мы открываем ящик Шредингера на временном горизонте.

Кот внутри ящика может быть живым или мертвым, и это вопрос вероятности.

Ни один наблюдатель извне не может предсказать это с уверенностью и подтвердить.

Но когда мы наблюдаем, ситуация, скорее всего, будет иной

Вот почему для событийного горизонта важен наблюдатель.

В эксперименте с двойной щелью частицы ведут себя по-разному, когда их наблюдают.

Почему это происходит с запутанными частицами, объяснений на этот счет нет

Информация между запутанными частицами движется быстрее света

Так что в будущем связь с экзопланетами и инопланетянами вполне возможна.

# Искусственный интеллект

Нет насоса, похожего на сердце, необходимого для перекачки воды на верхушку кокосового дерева

Машины не могут собирать мед с горчичных цветов, как пчелы.

Из одной и той же почвы растения могут делать сладкое, кислое и горькое.

Для искусственного интеллекта это будет совсем другая игра - играть в кольцо природы.

Если все будут делать роботы с искусственным интеллектом и солнечной энергией

У людей не будет цели и смысла жить на планете Земля вечно.

Сейчас самое подходящее время для путешествий на другие планеты и галактики.

Мы должны попытаться создать новые генетические коды для бессмертных тел

Я не хочу жить бесконечно долго под управлением умного компьютера.

Позвольте мне умереть с независимым мышлением сегодня, даже если время не помнит.

# Не нарушайте временное измерение

В бесконечной Вселенной скорость света слишком мала.

Это может быть мерой предосторожности, чтобы защитить индивидуальность планет.

Чтобы инопланетяне и люди не могли вести частые войны.

Другие цивилизации могут процветать на звездах, удаленных от нас на миллиарды световых лет.

Путешествия быстрее света могут быть не очень хороши для будущего homo sapiens

Давайте не будем ломать предохранительный клапан скорости, не зная последствий.

Туннель в измерении времени поставит цивилизацию с ног на голову

Даже вакцина covid19, использовавшаяся для борьбы с вирусом, теперь создает хаос для здоровья

Из нашего стада беспричинно умирает здоровый молодой человек

Полузнание хуже невежества или полного отсутствия знаний

С нарушением скорости света и туннелем во времени homo sapiens может пасть.

# Однажды

Когда-то люди думали, что солнце движется вокруг солнца.

Вечером оно погружается в океан, а утром снова выходит на поверхность.

Солнце нуждается в разрешении Бога каждое утро, чтобы выйти на свет.

Как невежественны и ненаучны были люди тех первобытных дней.

Миллионы лет люди не знали, что нужно делать атомные бомбы.

Хорошо, что они строили пирамиды, памятники и большие гробницы.

Иначе мы бы не дожили до эпохи современной цивилизации

В эпоху Средневековья человеческая цивилизация канула бы в Лету

Когда-то нам рассказывали об Эфире, через который распространяется свет.

Теперь ученые считают, что эти так называемые физики были слишком пустыми.

Сегодня никто не знает, что правильнее - теория большого взрыва, теория стационарного состояния, теория множества стихов или теория струн.

Но с теорией стационарного состояния, без начала и конца космоса, религии тесны.

Планеты, звезды и галактики рождаются и умирают, как люди.

Для человека масштаб времени и различные измерения - это совсем другое дело.

# Уравнение Бога

Являемся ли мы всего лишь кучей атомов, как и любая другая живая и неживая материя?

Или комбинация атомов в человеческом теле совершенно иная, чем в других.

Только комбинации различных атомов не могут наделить нас сознанием

С человеком, роботами и компьютерами с искусственным интеллектом есть разница

Когда-то нам говорили, что атомы - это самые маленькие частицы, которые только могут существовать.

Положительный протон, нейтральный нейтрон и отрицательные электроны - это основы.

Теперь, когда мы погружаемся все глубже и глубже, мы знаем, что это не так.

Базовыми частицами могут быть фотоны, бозоны или просто вибрация струн.

Некоторые ученые говорят, что материя может быть только информацией.

которая комбинируется в соответствии с кодом и дает различные представления.

Но что касается сознания и его происхождения, у нас нет решения.

Давайте будем счастливы, поедая яблоко и вино из него.

Пока ученые не найдут уравнение Бога, в котором все будет соответствовать.

# Философские дебаты

Философские споры: яйцо было первым или птица первой

Логика обеих сторон одинаково сильна и прочна.

В случае с материей и энергией таких споров нет.

Вселенная возникла из энергии - это реальный факт.

Энергия не может быть ни создана, ни уничтожена - это старая парадигма.

О концепции дуализма энергии и материи давно говорил Эйнштейн

Материя и волновая природа частиц также раскрываются

Слишком много фундаментальных или элементарных частиц существует

Относительно конечных строительных блоков Вселенной мнения всегда расходятся

Просто невозможно поймать в клетку всемогущего, как кот Шредингера.

Пока мы не поймали кота, давайте есть, улыбаться, любить и ходить, чтобы лучше умереть.

# Я двигаюсь дальше и дальше

Вселенная расширяется без остановки

Я также двигаюсь все дальше и дальше в своем путешествии.

Иногда солнце, иногда дождь

Иногда гром, иногда буря

Но я никогда не останавливался, двигаясь все дальше и дальше;

Путешествие всегда не было гладким и легким

Шипы, которые впивались в мои пальцы, я удалял сам.

Там, где не было моста, чтобы пересечь реку.

Я построил свою собственную лодку и переплыл ее.

Но я никогда не останавливался, шел вперед и вперед;

Иногда темной ночью я терял направление.

Но светлячки указывали путь, по которому нужно двигаться.

На скользкой дороге я несколько раз падал.

Я быстро вставал и смотрел на мигающие звезды.

Но я никогда не останавливался, а шел все дальше и дальше;

Никогда не пытался измерить пройденное расстояние.

Не подсчитывая прибыли и убытки, всегда двигался вперед.

Не ожидая поддержки от прохожих

Никогда не тратил время на заторможенных людей, совершая промахи.

Давным-давно я понял, что в жизни нет ничего постоянного, путешествие - это награда.

# Игра в Бога и физику

Гравитация, электромагнетизм, сильные и слабые ядерные силы являются основными.

Именно поэтому Вселенная динамична, а не застыла или статична.

Материя, энергия, пространство и время в этих четырех измерениях - игра создателя.

Существуют и неоткрытые измерения, говорят ученые.

Причина существования темной энергии и поведения все еще неизвестна

Хотя человеческие мозги одинаковы, сознание у каждого разное

Для существования Вселенной, а также Бога, сознание имеет большое значение

Квантовая запутанность не подчиняется максимальному ограничению скорости

Путешествия во времени и в другие галактики, запутанность позволяет

По мере того, как мы будем углубляться, будет возникать все больше и больше вопросов.

Игра между физикой и Богом действительно забавна и весела.

# Жила-была машина под названием "Телекс

Когда-нибудь новое поколение будет сомневаться, что для телефонного звонка существовал РСО.

Телекс и факс, хотя мы ими пользовались, теперь удивляют нас.

Интернет-кафе умерло на наших глазах, не заметив этого.

Но нищий, просящий милостыню перед кафе, все еще существует

Большие звуковые коробки кассетных и CD-плееров теперь заброшены в дома.

Но звуковые колонки и системы оповещения выдерживают время

Хотя для общения в первую очередь нужны интернет и социальные сети.

Технологии всегда направлены на улучшение завтрашнего дня и на улучшение жизни.

Но они не могут уменьшить количество разводов между мужем и женой

Даже на пике современной цивилизации существуют нищета и голод

Во многих странах менталитет многих людей иррационален и расистский.

Физика и техника не знают, как остановить войну и преступность.

Развитие технологий для мирного мира и укрепления братства является первостепенной задачей.

# Мой разум

Мой разум никогда не позволял мне ревновать

Мой разум никогда не позволял мне быть черствым

Злость и ненависть - не моя чашка чая.

Лучше я останусь в одиночестве у моря

Я всегда предпочитаю мир и спокойствие.

Вместо ссор лучше братство.

От насилия я всегда стараюсь держаться подальше.

За правду и честность я готов платить.

Коррупционеров я стараюсь держать на расстоянии.

Я страдаю от беспокойства и напряжения.

Для защиты окружающей среды у меня нет решения.

Война и загрязнение окружающей среды вызывают у меня депрессию

Психическое здоровье человечества деградирует.

# Если Мультивселенная - это правда

Если мультиверс и теория параллельных вселенных верны.

Тогда для существования человека на Земле есть ключ к разгадке.

Самая развитая цивилизация могла использовать Землю в качестве тюрьмы.

Люди - самые жестокие животные, и это может быть причиной.

Плохие элементы хорошей цивилизации были перенесены в этот мир.

Затем передовая цивилизация избавилась от плохих и злых элементов.

Люди остались на Земле в джунглях вместе с обезьянами.

Без каких-либо инструментов или приспособлений плохие люди начали жизнь заново

После смерти первого поколения происходит разрушение старой информации.

Новорожденным в мире приходится начинать свою жизнь заново

Хотя цивилизация двигалась и прогрессировала очень быстро.

Благодаря ДНК плохих людей и преступников человеческое общество все еще гниет.

Развитые цивилизации никогда не позволят человеку добраться до них.

Они знают, что плохая ДНК старых предков снова попытается уничтожить их руль.

# Трение

Мало кто знает, что коэффициент трения - это роса.

Без трения на этой планете жизнь не может возобновиться

Зарождение жизни начинается с трения мужских и женских органов

Благодаря трению новорожденные появляются на свет с плачущими лозунгами

Без трения огонь не мог бы показать свое пламя

Огонь изменил всю игру человеческой цивилизации

Колеса не могут двигаться вперед без силы трения

Чтобы остановить быстро движущийся автомобиль, трение является основным источником.

Если не будет трения, ваш реактивный самолет не остановится на взлетной полосе.

Взлет истребителей для бомбардировки городов будет далеким.

Трение ума приводит к созданию многих эпосов

Подобно гравитации, трение также является базовой природной силой

Трение эго опасно и ведет к большой войне

Это может поставить человеческую цивилизацию перед большой опасностью

Трение бывает хорошим и плохим, в зависимости от его использования

Без трения жизнь на планете вымрет, Землю никто не сможет использовать.

# То, что мы знаем, - ничто

То, что знает физика, - лишь верхушка айсберга

То, чего физика не знает, - это настоящая физика

Темная энергия и темная материя, управляющие реальной динамикой

То, что мы знаем о материи, энергии и времени, является лишь базовым.

Граница космоса неизвестна и иллюзорна

Реальны ли антиматерия и параллельные вселенные - неизвестно.

Несколько тысяч лет назад была создана концепция мультивселенной.

До Большого взрыва также существовали галактики, теперь мы знаем.

Прогресс физики очень быстрый, но в области времени медленный

Вселенная расширяется быстрее, чем мы о ней знаем.

Мы очень мало знаем о Вселенной и ее необъятности, это надо признать.

# Дни истины наступают

Когда мы сможем путешествовать быстрее света

Будущее человеческой цивилизации будет светлым

С далекой планеты, удаленной на миллиарды световых лет.

О том, что случилось в прошлом, мы сможем легко сказать.

Истинная история Будды, Иисуса, Мухаммеда будет раскрыта.

Ничто ложное в религиозных учебниках не будет преобладать

Пути к истине в будущем будут твердыми, а ложь никогда не устоит

Путь правды, доверия и преданности люди будут поддерживать.

Плохих людей и преступников мировое правительство будет задерживать.

Они будут депортированы в тюрьму за миллиарды световых лет.

# Дифференциация и интеграция

Когда мы различаем людей все дальше и дальше.

В итоге мы получаем обезьяну, поедающую плоды на деревьях.

Но когда мы интегрируем первобытного человека дальше и дальше.

Мы получаем Будду, Иисуса и Эйнштейна.

Итак, интеграция важнее дифференциации.

Интеграция - это путь к поиску истины и решению проблем.

Дифференциация - это движение назад, а затем разрушение.

Человеческий ген знает о естественном отборе сильнейших.

Однако, стремясь к превосходству и победе неестественным путем, они становятся самыми жестокими.

Манипулирование природой с помощью неестественных процессов не этично.

Для долгосрочной устойчивости ускорение естественного процесса также является прихотью.

# Орел в голоде

Животный мир страдает из-за человеческого интеллекта

Искусственный интеллект может обернуться бумерангом и создать Франкенштейна

Человек может стать рабом своего собственного творения в поисках лучшей жизни

Робот с искусственным интеллектом может превратиться в опасный нож

Что будет делать человек, живя триста лет как черепаха?

Будет больше разрушений природы и нежелательного шума

Просто есть и проводить время в цифровом виртуальном мире не имеет смысла

Лучше умереть и жить в виде цифровых данных в сети в виде сигналов.

Если какая-нибудь развитая цивилизация перехватит эти сигналы и расшифрует их.

Для их исследований и разработок могут подойти данные нашего мозга.

Генная инженерия может быть столь же опасна, как и искусственный интеллект

Большая катастрофа, чем Covid19, может уничтожить людей из-за незначительной неосторожности.

Но человеческий мозг и разум не остановятся, не столкнувшись с ситуацией.

Человеческий мозг всегда стремится летать, как орел во время голода.

# Когда мы становимся старше

На жизненном пути, по мере того как мы становимся все старше и старше.

Необходимо вычеркнуть многие вещи из папки жизни.

Жизненный путь - лучший учитель и делает нас мудрее.

Но, неся ненужный груз, наши плечи становятся слабыми.

Большая часть прошлой информации не имеет ценности

Так что лучше удалить и обновить ум.

В изменившемся сценарии мы должны находить новые вещи.

Вместо того чтобы критиковать, мы должны быть добры к людям.

Каждый день мы движемся к смерти - такова реальность.

Тратить время и энергию на споры - бесполезно.

Если мы не научимся мудрости через опыт.

В момент смерти мы оставим после себя бесплодное царство.

Чем раньше мы осознаем реальность жизни и неопределенность пути.

Мы сможем избежать ненужных ссор и забот, связанных с турниром.

Улыбки и улыбки становятся более важными, когда мы становимся старыми.

Много новых возможностей, улыбки могут легко раскрыться

Иначе наша история уйдет в небытие и останется нерассказанной.

Каждый старый и мудрый человек понимает, что прошлого и будущего не существует.

Тот, кто поймет это раньше, сможет избежать нежелательных жизненных мук.

# Забудьте о рукотворном разделении

Живем ли мы на одинокой планете или в мультивселенной - несущественно.

За миллиарды лет на этой планете зародилась и расцвела жизнь.

Цивилизации появлялись и исчезали из-за своих собственных ошибок.

Но теперь из-за глобального потепления вся планета находится в бедственном положении.

Если высшее животное не осознает этого в ближайшее время, все рухнет.

Хотя точный курс и судный день никто не может предсказать.

Если мы не почувствуем сердцем и не начнем действовать, то скорее наступит холокост.

Наряду с поиском планеты в мультивселенной важно потушить лесной пожар.

Если экологический коллапс будет развиваться стремительно, технологии окажутся бессильны.

Вглядываясь в далекие горизонты, человечество не должно терять ближнего зрения

Чтобы спасти планету, будьте проактивны и забудьте об искусственном разделении.

# Облачные вычисления сделали его невидимым

Облачные вычисления с помощью квантового компьютера

И все же их доставляет один и тот же местный поставщик.

Он приехал на своем старом, обветшалом фургоне.

Забирая предоплаченные материалы с порталов, мы чувствуем себя весело.

Раньше мы звонили ему через наш телефон, который был не очень умным.

Когда мы заказываем его, он с добрым утром и улыбкой приступает к работе.

Он использовал ручку и карандаш, чтобы записать список товаров.

Если возникала путаница, он тут же перезванивал, чтобы внести исправления.

Теперь он всего лишь агент по обработке и доставке облачной компании.

С клиентами он утратил общение и гармонию.

Технологии превратили его в роботизированную машину доставки.

Для своих старых клиентов и посетителей он - лишь невидимая связь.

# Мы виртуальны

Звучит неплохо, но мы не реальные, а виртуальные существа.

Все, что мы видим, чувствуем и слышим, - это трехмерная голограмма.

Только информация и данные хранятся в семенах и сперматозоидах

Все запрограммировано квантовыми частицами на определенный срок

Наши органы чувств не запрограммированы на восприятие протона, нейтрона или электрона.

Наши органы также не запрограммированы на восприятие воздуха, бактерий и вирусов.

То, что мы не можем почувствовать через наши органы, существует, но виртуально.

В бесконечной Вселенной мы также не реальны, а виртуальны для других.

Голограмма запрограммирована настолько идеально, что мы думаем, что мы реальны.

Так же мы чувствуем себя, когда играем в виртуальную игру с неизвестными игроками

Виртуальная реальность нашей жизни является для нас реальностью.

Ограниченный интеллект, заложенный в голограмму, является точным

Человеческому интеллекту потребуются миллиарды лет, чтобы раскрыть вселенную.

К тому времени Вселенная может начать обратное путешествие.

# Сознание жизни

Сознание жизни - это сочетание ДНК, образования, убеждений и опыта

Человеческое сознание наделяет человека более высоким интеллектом и любознательностью.

Животное царство застыло на том же уровне интеллекта и активности, чтобы выжить

Чтобы спасти животных от болезней, вызываемых бактериями и вирусами, существует деятельность человека

Животные более уязвимы к естественному процессу болезней и смерти

Только благодаря естественному иммунитету и размножению животные выживают.

Ни один вид животных, однажды вымерший на Земле, никогда не возрождался автоматически

Никто не знает, как и почему люди обрели высшее сознание

Образование, обучение и любознательность позволили человеческой цивилизации прогрессировать

Муравьи и медоносные пчелы остались такими же, как и пять тысяч лет назад

Хотя их дисциплине, самоотверженности и социальной целостности люди стараются следовать.

Сознание каждого живого существа отличается и уникально

Это разнообразие живых существ может быть объединено с помощью квантовой запутанности

Религия верит, что все сплетено с Богом

Принять запутанность как часть сверхсознания наука не в состоянии.

# Кот вышел живым

Кошка вышла из коробки живой и здоровой

Ученые, присутствовавшие на мероприятии, непрерывно хлопали.

Увидев, что многие люди хлопают, кошка внезапно исчезла

Период полураспада кошки и радиоактивного материала спас кошку

Принцип неопределенности сработал на спасение жизни, можно поспорить.

Шансы на то, что Бог спас жизнь кошки, равны пятидесяти на пятьдесят.

Это тоже принцип неопределенности Гейзенберга.

Хотя Стивен Хокинг сказал, что Бог, возможно, не играл роли в создании мира.

Но для неопределенности жизни и событий, присутствия Бога, человеческий разум разворачивается

Пока мы не поймаем кошку в клетку и не предскажем ее будущее.

Наука не сможет поймать в клетку Бога и неопределенность природы.

# Большой барьер

Сосредоточенность - основной инстинкт выживания

Охотник не может убить свою моль, если не сосредоточен.

Игроки в крикет концентрируются на мяче и бите

Футболисты концентрируются на мяче и сетке

В повседневной жизни сосредоточиться - не такая уж сложная задача.

Те, кто овладевает этим искусством, быстро прогрессируют

Юноша может легко сосредоточиться на красивой девушке.

Но трудно вывести дифференциальное уравнение.

Чтобы добиться мастерства в математике, нужно сосредоточиться.

Фокус может сконцентрировать солнечный свет, чтобы разжечь огонь на бумаге

Практика делает концентрацию идеальной, а результаты - умнее

В жизни неумение концентрироваться и сосредотачиваться является большим препятствием.

# Жизнь - не роза, но солнце есть

Мы мечтаем, надеемся и ожидаем, что жизнь будет усыпана розами.

Дорога, по которой мы движемся, должна быть гладкой и золотой.

Но реальность совершенно иная, сложная и иллюзорная.

Наше существование обусловлено нестабильностью атомов.

Чтобы стать молекулами, каждый момент они соединяются.

Неопределенность - неотъемлемая часть нашей жизни на каждом шагу.

Ложе из роз возможно только в сказках.

Наша жизнь вынуждена двигаться по ухабистым дорогам.

Красный свет может загореться в самый неподходящий момент.

Если мы пытаемся спешить, неведомые силы навязывают нам свою волю.

Даже в неопределенности жизни есть солнечный свет

Жизненный путь полон возможностей, успех определяют ваши способности.

# Верховное животное

Как будет протекать жизнь в параллельной вселенной - большой вопрос.

Пока человек не научится телепортироваться, идеального решения не существует

До сих пор мы не можем найти точное местоположение пропавшего малайзийского рейса.

Говорить о точной форме жизни, не посетив экзопланету, неправильно.

Все, что говорят ученые, останется гипнозом до тех пор, пока мы не посетим их.

В их жизни и управлении физическими вещами может быть другая сфера.

Конечно, возможно, они не ходят на голове и не едят через задницу.

Но без наблюдения с близкого расстояния реальность не раскроется.

Продвинутые существа из параллельной вселенной могут жить под жидкостью

Возможно, там правят русалки из детских сказок.

Шанс узнать все с Земли через сигналы выпадает редко.

Если только мы не исследуем каждый уголок бесконечного космоса.

Утверждать, что люди - властители Вселенной, - это гипотеза, как мох.

# О" Ученые, дорогие ученые

Вселенная прекрасна и совершенна.

Жизнь и смерть - это часть прекрасного цикла.

Не делайте людей бессмертными с помощью генной инженерии

Человек уже разрушил экологический баланс Земли

Биоразнообразие в живых существах является неотъемлемой частью

Прошли миллиарды лет и очень медленная эволюция

Вымерли динозавры и многие другие.

Сейчас человеческая жизнь процветает на одинокой планете

До бессмертия с помощью генетики и искусственного интеллекта

Излечение от рака и генетических заболеваний имеет большее значение

Несколько тысяч лет назад мудрецы пытались обрести бессмертие.

Но отказались от этой попытки, осознав ее опасность и тщетность

Если человек станет бессмертным, что произойдет с другими жизнями

Частые травмы, связанные со смертью домашних животных, будут не менее болезненными

В долгосрочной перспективе, без изменения сознания, бессмертие будет вредным.

# Человеческие эмоции и квантовая физика

Любовь и вера не поддаются логике.

Для человеческой жизни и то, и другое является основным

В нашей жизни очень важна музыка

Чувства приходят через гены - это врожденное.

Но для жизни комбинация атомов является органической.

Вопрос о том, являются ли фундаментальные частицы на самом деле фундаментальными, является спорным.

Теория струн утверждает, что вибрация - это форма в действительности.

Квантовая запутанность - это действительно жуткая вещь.

Новые возможности открывает квантовая механика.

Тем не менее, человеческие эмоции и сознание, по-разному мы поем.

# Что будет с оригинальностью и сознанием?

В этом мире у меня может не быть ни цели, ни причины.

Возможно, я живу симулированной жизнью в виртуальной тюрьме.

Но у меня есть собственное сознание и оригинальность.

Искусственный интеллект уже посягнул на мой мыслительный процесс.

В оригинальности моего мышления наблюдается застой и застой

Если мой интеллект и сознание станут подчиненными

Я непременно потеряю свое положение сознательной координаты

Уже надоело жить на бесцельной, не имеющей направления планете

Ни одна наука или философия не может объяснить, зачем мы пришли, с какой целью.

Произвольное видение, миссия и цель, мы должны предполагать.

С появлением искусственного интеллекта и бессмертия они тоже станут тщетными

Не знаю, каким будет определение жизни, когда она перестанет быть хрупкой.

# Когда закончится расширение Вселенной

Будет ли расширение Вселенной продолжаться бесконечно?

Или однажды она внезапно перестанет расширяться.

Потеряет ли время свое поступательное движение и остановится ли оно?

Или, благодаря импульсу, начнет двигаться в обратном направлении

Насколько забавной будет жизнь на планете Земля для человеческих существ

Люди будут рождаться стариками в крематориях.

Из огня их будут встречать родные и близкие.

Вместо места скорби кладбища станут местом празднования

Постепенно старики будут становиться все моложе и моложе.

И снова, в один прекрасный день, они превратятся в сперматозоид и в материнской утробе исчезнут навсегда.

Все планеты и звезды снова сольются в сингулярность.

Но тогда не будет ни физики, ни времени, чтобы объяснить все тонкости.

# Реинжиниринг

Природа непрерывно занимается инжинирингом и реинжинирингом

Это встроенный процесс творения и природы.

Даже в процессе эволюции, для улучшения вида, это жизненно важно.

Без реинжиниринга лучший продукт не получится

Поэтому для прогресса и развития лучших качеств реинжиниринг необходим.

Человеческий мозг также постоянно проводит реинжиниринг в процессе мышления.

Мы учимся, не учимся и снова учимся, когда истина установлена.

Пока мы не создадим лучшее или не найдем истину, реинжиниринг продолжается.

Таким образом природа достигла наилучшего динамического равновесия.

Реинжиниринг и эволюция непрерывны, как маятник.

# Бозон Хиггса, частица Бога

Когда бозон Хиггса был обнаружен, он слишком сильно взволновал научное сообщество

Однако в мире Бог и его посланники остались таковыми.

В Бога и пророков люди по-прежнему бесконечно верят и доверяют;

Фундаментальные частицы находятся на своих местах с начала времен.

Так что для верующих, независимо от открытия бозона Хиггса, все остается по-прежнему

Что касается мировой войны и бомбардировки Нагасаки, то верующий считает, что это вечная игра Бога.

Неверующий утверждает, что независимо от того, есть Бог или нет, бомба создала бы пламя.

В мировой войне и разрушениях виновато человеческое эго и отношение.

Верующие дали столько имен Богу в разных частях света.

Но бозон Хиггса, имеющий только одно имя, ученые раскрывают.

# Старик и квантовая запутанность

Слава Богу, это была рыба, а не крокодил, Годзилла или анаконда.

Это было бы возможно в соответствии с квантовой вероятностью и запутанностью.

Тогда по принципу неопределенности старик оказался бы в желудке.

Его лодка была слишком мала и хрупка, чтобы выжить в условиях неопределенности.

Роман Хемингуэя получил премию, потому что это была рыба и за его креативность.

Однако неопределенность и квантовая запутанность привели лауреата к гибели

Даже после открытия частицы Бога на этой планете смерть - это окончательная истина.

Несколько цивилизаций ушли в небытие, не зная даже гравитации и относительности.

Люди сейчас используют квантовые гаджеты, не зная о запутанности, молча

Уровень знаний, знание и незнание - разница между цивилизациями

Полузнание и биоинтеллект также могут привести человеческую расу к гибели.

# Что будут делать люди?

Нужно ли на планете Земля более восьми миллиардов homo-sapiens?

Уже сейчас страны третьего мира переполнены полуграмотными людьми.

В азиатских городах никто не может ходить пешком, ездить на велосипеде, водить машину или комфортно передвигаться.

Разрыв между имеющими и не имеющими увеличивается с каждым днем.

Во имя религии, создания молодой рабочей силы, отсутствия контроля рождаемости

Безработица, разочарование и безысходность повсюду.

Цифровые разрывы вынудили часть населения жить в нечеловеческих условиях.

Для обездоленных жизнь - это судьба и мольба о пощаде.

Рост самоубийств среди безнадежной молодежи достиг своего пика.

Теперь, с появлением искусственного интеллекта, мы ликвидируем все больше и больше рабочих мест.

В сельском хозяйстве люди также постепенно теряют надежду на лучшее будущее.

Что будут делать в мире бездельники и безработные, спрашивать нечестно.

# Пространство-время

Время относительно, это уже установленный факт и реальность

Пространство бесконечно, Вселенная расширяется без какого-либо сопротивления

В пространственно-временных отношениях также важна гравитационная сила,

Скорость света является барьером для времени, и при этой скорости время может остановиться.

Вся концепция пространства-времени, материи-энергии, гравитации-электромагнетизма может пойти под откос,

От Ньютона до Эйнштейна был большой скачок в изучении физики.

Квантовая запутанность теперь меняет многие основы,

Путешествия во времени и телепортация больше не являются фантастикой.

Искусственный интеллект скоро придаст им новое направление

Возможно, скоро люди смогут встретиться с Иисусом и Буддой, путешествуя во времени во время отпуска.

# Нестабильная Вселенная

После Большого взрыва элементарные частицы приходят в движение.

Насыщенные энергией взрыва, они возбуждаются.

Зарождающиеся частицы нестабильны и не могут долго существовать.

Так, объединившись, образовались протон, нейтрон и электрон.

Вместе они создали мини-солнечную систему атомов, чтобы стать стабильными.

Но оставаться стабильными большинство новообразованных атомов были не в состоянии

Атомы соединились в разных пропорциях и превратились в молекулы

С появлением молекул солнечная система стала динамически стабильной

Потребовались миллионы лет, чтобы атомы сформировали биомолекулы

Углерод, водород, кислород, азот, железо сделали биологическую жизнь возможной.

До сих пор мы не уверены, являемся ли мы на самом деле комбинацией атомов или вибрирующими волнами.

Возможно, фундаментальные частицы на самом деле являются вибрацией Божьей струны.

# **Относительность**

Относительность - это свойство природы, когда были созданы галактики

До Большого взрыва и после него относительность также существовала всегда

Ничто во Вселенной и реальности не является абсолютным и постоянным

Теории науки, философии и психологии иногда противоречат друг другу

Для существования реальности и относительности важен наблюдатель

Люди знали об относительности в нематематическом формате с давних пор

История укорачивания прямой линии без касания не молода

Религиозные тексты и философия объясняли относительность по-разному

Эйнштейн объяснил ее для человечества и науки с помощью уравнений и математики

Жизнь, смерть, настоящее, прошлое, будущее - все это относительно и известно человеческому инстинкту.

Концепция относительности для человеческого мозга и цивилизации, является фактором базовым.

# Что такое время

Существует ли время в человеческой жизни?

Или это всего лишь иллюзия человеческого мозга, постигающего реальность?

Существует ли стрела времени, которая движется со скоростью света?

Или прошлое, настоящее и будущее - лишь концепция, объясняющая существование?

В космосе нет единого времени, и везде время относительно.

Материя и энергия - это только реальность, которая проявляется в истинном смысле.

Сомнения всегда возникают по поводу времени, души и существования Бога.

Измерение времени может быть произвольным, подобно единицам длины и веса.

Стрела времени от прошлого к настоящему и будущему может быть неправильной

Время может быть лишь единицей измерения преобразования материи в энергию, роста и распада

Что такое время, с подтверждением не могут сказать даже ученые.

# Мыслить масштабно

Люди говорят: думай о большом, думай о большом, и ты станешь большим.

Но когда я думаю о большом, все больше и больше, я становлюсь удивительно маленьким.

В релятивистском мире мое существование становится незначительным.

Я даже в своем населенном пункте ничтожен - такова реальность жизни.

В моем городе, в моем районе, в моем штате и в моей стране ничтожность возрастает.

Когда я вижу на мировом уровне, мое существование даже становится ничтожным

В солнечной системе, галактике, млечном пути и космосе, что я такое, нет ответа.

Единственная реальность - это то, что я жив и существую сегодня в своем доме с семьей.

Ни ценности, ни значимости, ни необходимости ни для мира, ни для человечества.

Однонаправленное бесполезное путешествие под названием жизнь, я должен найти свой собственный путь.

Когда я завершу свой путь, люди будут продолжать двигаться по моему телу.

Мы так малы и незаметны среди восьми миллиардов, что, что говорить с гордостью.

# Природа заплатила цену за свой собственный процесс эволюции

Природа заплатила тяжелую цену за процесс эволюции

До появления homo-sapiens для животных не было ничего иллюзорного.

Деревья, живое царство жили счастливо, не ища никаких решений.

Получение достаточного количества пищи, хорошей воды и воздуха было их удовлетворением

Экологический баланс имеет свое слово в этом процессе, и никаких денежных сделок;

Появление человека в процессе эволюции изменило все.

Природа вынуждена бороться за сохранение своей сути и равновесия.

Человек изменил холмы, реки, заливы, пляжи, прибрежные линии в угоду комфорту.

Но чтобы сохранить равновесие матери-природы, ее эволюция никогда не поддерживалась

Во имя цивилизации и прогресса, все в природе человек искажает.

# День Земли

Планета Земля прекрасна не потому, что состоит из углерода, водорода и кислорода.

Она прекрасна благодаря эволюции и интеллекту природы.

Создание жизни из крошечных атомов до сих пор остается большой загадкой.

Никто не знает, является ли жизнь феноменом только на этой планете галактики

Или жизнь пришла на эту планету по наследству из других мест.

Красота жизни заключается в ее разнообразии и экосистеме

Разрушение хрупкого баланса человеком заметно и не редко

Человек считает, что в силу своего интеллекта Земля - его вотчина.

Для сосуществования с другими видами у homo-sapiens не хватает мудрости

Празднование Дня Земли в течение нескольких часов - это промывание человеческих глаз и случайный поступок.

# Всемирный день книги

Печатный станок был прорывным изобретением

Такое же масштабное, как компьютер, смартфон и интернет

Печатный станок изменил ход развития цивилизации благодаря распространению знаний

Книги были такими же носителями информации, как интернет в наши дни

Книги играли жизненно важную роль в распространении знаний, подобно солнечным лучам;

Новые технологии оказывают огромное давление на книги.

И все же книги выдерживают натиск всех аудиовизуальных средств.

В двадцать первом веке книги также являются премией за владение.

Важность книг может снизиться в связи с появлением цифровых форматов и искусственного интеллекта

Но в прогрессе цивилизации и знаний книги сохранят свои позиции.

# Пусть мы будем счастливы в переходный период

Когда Солнце потускнеет и ядерный синтез закончится навсегда

Что искусственный интеллект будет делать на планете Земля

Их распад и падение также начнутся автоматически

Как существа искусственного интеллекта будут заряжать свои батареи без солнечной энергии

Чтобы получить мало заряда, они будут бегать, как уличные собаки, и будут голодны

Люди могут вымереть задолго до того, как погаснет солнце.

ИИ-существам придется в одиночку противостоять этому явлению и развлекаться;

Если некоторые большие астероиды попадут на землю до того, как солнце потускнеет

Уничтожение произойдет вместе, людей, ИИ и всего живого.

Выживание существ ИИ после столкновения с астероидом также отдалено.

Через свой собственный курс природа снова прибегнет к помощи

Новые живые организмы появятся снова благодаря эволюции.

Для создания нового лучшего мира это, безусловно, будет лучшим решением природы.

Пока это не произойдет, давайте наслаждаться и быть счастливыми в переходный период.

# Наблюдатель - это важно

В квантовой запутанности наблюдатель наиболее важен

Эксперимент с двойной щелью показал, что электроны ведут себя по-разному, если их наблюдать.

В релятивистском и квантовом мире без наблюдателя нет смысла в событиях.

Итак, будьте наблюдателем и ощущайте существование и реальность, я - центр для меня.

То же самое можно сказать и о видах, и о насекомых, питающихся деревом.

Без моего сознания несущественно, существует ли Вселенная или нет.

Человек без сознания, даже если он жив, ничего значимого не может испытать.

Причину квантовой запутанности до сих пор не может объяснить ни один ученый.

Но все во Вселенной и космосе спутано невидимой цепью

Объединение гравитации, электромагнетизма, ядерных сил, материи-энергии может быть мозгом Бога.

# Достаточно времени

У Иисуса, царя Соломона и Александра было достаточно времени.

Они многого достигли за это время и вовремя оставили следы.

Большинство людей слишком заняты в гонке за скоростью, и у них нет времени.

Некоторые думают, что они бессмертны и в будущем добьются многого.

Лишь немногие знают, что бесконечное время имеет особую природу

Наука также иногда озадачивается тем, что такое время на самом деле, или что оно действительно движется.

Или оно подобно гравитационным силам, не перетекающим в другое измерение

Пространство, время, материя и энергия - все они важны, но время свободно.

Но чтобы купить даже небольшую квартиру в городе, нужно заплатить огромную сумму.

У вас уже есть время, чтобы стать Вивеканандой, Моцартом, Рамануджаном или Брюсом Ли.

# Одиночество не всегда плохо

Иногда в одиночестве мы можем думать глубже.

Это помогает сосредоточиться на чистоте ума.

При нежелательном скоплении людей разум чувствует сонливость.

Но для некоторых одиночество может стать причиной лени.

Для некоторых оно может привести к помутнению зрения;

Используйте одиночество как инструмент для самоанализа

Одиночество также необходимо для медитации

Если вы сконцентрируетесь, оно поможет решить наболевшие проблемы

Находясь в одиночестве, никогда не принимайте никаких наркотиков или успокоительных средств.

Лучше погулять с друзьями - это лучшее лекарство.

Используйте одиночество для концентрации и нового направления.

# Я против искусственного интеллекта

Все, что я знаю, не является моим фундаментальным знанием.

Я не изобрел ни алфавит, ни цифры.

Язык, который я знаю, не создан моими мозговыми функциями.

Огонь, колесо или компьютер также не являются моим изобретением.

Все, что я приобрел, пришло от других.

Общение также происходит от отца, матери и родственников.

Мой мозг лишь хранит информацию, как жесткий диск компьютера.

Между мной и искусственным интеллектом существует лишь тонкая, как бритва, разница.

Уникальное отличие - это моя сознательность и оригинальность

И мудрость, которую я приобрел благодаря постоянной позитивности.

# Этический вопрос

На каждом перекрестке прогресса мы всегда поднимали вопросы этики.

Будь то аборт, ребенок из пробирки или клоунада новой жизни.

Не было никакой этической проблемы в том, чтобы убивать людей в войнах по мелким причинам.

Не было этической проблемы в убийстве тысяч людей во имя религии.

Но для прорывных научных и технических разработок этика приходит

За свои противоречия и неэтичные поступки все религии глупы.

Компьютеры, роботы и Интернет считались угрозой для рабочей силы.

Но в итоге все это стало инструментом для ускоренного развития и источником эффективности

Искусственный интеллект и бессмертие благодаря генетике теперь под вопросом

Через два-три десятилетия все скажут, что искусственный интеллект небезосновател ен.

# Я не знаю

Я двигаюсь все быстрее и быстрее, не зная, почему я двигаюсь.

Я знаю только, что старею с каждой минутой и умираю день ото дня.

Я не знаю, откуда я пришел и куда теперь иду.

Внутри черного ящика я обладаю ограниченными знаниями и информацией.

За пределами ящика никто не знает, что происходит на самом деле.

Ни наука, ни религия не имеют убедительных доказательств.

Но основной инстинкт жизни заставляет меня двигаться все быстрее и быстрее.

Путешествие может прекратиться в любой момент без предупреждения.

Или меня могут заставить двигаться дальше и дальше в течение семидесяти, восьмидесяти или ста лет.

Но в конце концов путешествие завершится на одиноких кладбищах.

# Я знаю, я был лучшим в крысиных гонках

Я знаю, я был лучшим пловцом и переплыл океан.

Среди миллионов я был самым сильным и могучим.

И сегодня, по меркам людей, участвующих в гонках, я успешен.

Крысиные бега начались до того, как я увидел свет в этом мире.

Вот почему крысиные бега заложены в человеке изначально.

Тот, кто не участвует в крысиных гонках, не мыслит смело.

Истории успеха победителей крысиных бегов люди рассказывают с гордостью.

Но есть и несколько других историй, таких как Будда и Иисус.

Вот почему они являются сверхчеловеками другого класса.

Они - мессии человечества и для массы крысиных бегов.

# Создайте свое будущее

Никто не собирается создавать мое будущее.

Я должен создать его сегодня, работая.

Хотя будущее неопределенно и непредсказуемо.

Создать основу для завтрашнего дня очень просто

Если сегодня мы усердно работаем над своей миссией и целью.

Завтрашний день принесет больше возможностей.

Послезавтрашний день всегда нуждается в продолжении

Бог поможет тем, кто помогает себе не виртуально

Когда будущее наступит, вы почувствуете, что оно реально.

Так что сегодня создавайте свое будущее с удовольствием и рвением.

# Пренебрегаемые измерения

Как живые существа, мы больше озабочены светом, звуком и теплом.

Меньше беспокоимся об электромагнетизме, гравитации, сильных и слабых ядерных силах.

Люди молятся Солнцу, потому что оно является основным источником энергии.

Поклоняясь рекам и Богу дождя, люди демонстрируют важность материи.

Но среди всех измерений пространство и время остаются более плоскими

Четыре фундаментальные силы были непостижимы для первобытных людей.

В противном случае их поклонение и молитвы были бы уместными и более совершенными

В большинстве культур есть Бог и Богиня материи и энергии.

Но нет бога или богини для самых важных измерений - пространства и времени.

Хотя для существования живых существ оба измерения имеют первостепенное значение.

# Мы помним

Мы помним все плохие случаи из жизни.

В этом вопросе люди лучше и опытнее.

Лишь немногие замечают наши хорошие качества и добродетели.

Даже мы сами забываем свои хорошие воспоминания

Память занята тем, что вспоминает старые трагедии.

Люди также не ценят других из-за зависти.

Так что учиться у успешных соседей не в диковинку.

Зато ошибки других людей вызывают у нас восторг.

Плохие новости очень быстро и радостно распространяются людьми

Никогда не видел ни одного человека, который бы сплетничал о качествах других

Человеческий разум всегда склонен возвращаться к прошлым неудачам

Отпустить плохие вещи и воспоминания - сложная задача.

Для счастья, мира и успеха стирать плохие воспоминания необходимо.

# Свободная воля

Даже если мы действуем сознательно и по своей воле.

Результат или итог неопределен и может быть не таким, как хотелось бы.

Вот почему в индуизме говорится, что никогда не жди плодов от работы.

Просто делайте это со свободной волей и эффективно с преданностью.

Ожидание конкретного результата размывает разрешение свободной воли;

Может возникнуть искушение получить плоды, прежде чем вы посадите дерево.

Но воля и желание посадить дерево должны быть осознанными и свободными.

Если вы слишком много думаете о бурях, которые могут уничтожить саженец.

Учитывая вашу собственную неопределенную жизнь, ваш разум остановит копание.

Даже свободная воля также управляется неопределенностью, которая скрывается за ней.

Иногда мы называем это судьбой, иногда предначертанием.

Но без действий и работы вы с уверенностью принимаете поражение.

# Завтрашний день - это только надежда

Никто не знает, что случится завтра.

Если меня не будет в живых, лишь немногие лица будут выражать скорбь.

Другие будут жить дальше, говоря: "Покойся с миром".

Кроме вашей собственной крови, никто не будет скучать.

Реальность жизни очень проста и понятна.

Умереть и попрощаться не страшно.

Последний подарок жизни - это не богатство, а смерть.

Однажды все мои друзья и знакомые умрут.

Спасти их навсегда - тщетная попытка.

В момент рождения, зная правду, ребенок плачет.

# Рождение и смерть в "Горизонте событий

Мой день рождения не был событием в мире, что уж говорить о галактиках.

Даже рождение Будды, Иисуса, Мухаммеда не было событием при рождении.

Моя смерть также будет незначительной, как и мое рождение.

Ни Ассам, ни Индия, ни Азия не остановятся, ни Америка не замедлит свой ход.

Даже после смерти Дианы и британской короны мир движется как обычно.

Ни сожаления о моем рождении, ни сожаления о смерти не будет.

Как океанские приливы и отливы, мы приходим и уходим через несколько мгновений.

Следы остаются только в памяти близких.

Там, где наблюдатели также уходят, нет существования в горизонте событий.

Не надейтесь, что квантовая и параллельная вселенные дадут жизни лучшее представление

# Конечная игра

Я услышал самый большой звук и самый яркий свет Большого взрыва.

Это было начало новой жизни, рождение плачущего ребенка.

Наблюдатель важен, что доказал эксперимент с двойной щелью.

Без существования наблюдателей, для новорожденного, Большой взрыв не актуален

Рождение новорожденного так же важно, как Большой взрыв для матери

Поговорка "Ребенок - отец человека" популярна скорее везде.

Большой взрыв никогда не был бы объяснен без наблюдателя

Для каждой теории или гипотезы должен быть наблюдающий отец

Преобразование материи в энергию и наоборот началось еще до появления человека сапиенса

Преобразование из одной формы в другую - это главная игра природы.

# Время, таинственная иллюзия

Прошлое и будущее - это всегда иллюзия

Прошлое - не что иное, как размывание времени.

Будущее - это только ожидание времени

Настоящее с нами только для решения.

Если мы не будем действовать, оно исчезнет без предупреждения;

Время не имеет импульса, когда мы заглядываем в прошлое.

Хотя область и история прошлого очень обширны.

Мы не можем заглянуть в будущее, поэтому как может существовать импульс.

Настоящий момент находится только в наших руках, он всегда оптимален.

Прошлое, настоящее и будущее мы наблюдаем с помощью квантовых частиц.

# Бог не противится собственной воле

Убийство во имя нации, религии не считается преступлением или грехом.

Тогда как убийство себя во имя религии может быть названо плохим?

Нет никаких доказательств того, что люди, совершающие самоубийство, грешны.

Если кто-то хочет избавиться от боли и страданий, самоубийство может быть выгодным.

Когда Иисус был распят, он молился за невежественных людей.

Если вы уйдете из этого мира, то не будете страдать от боли и страданий.

После смерти этот мир для умерших становится несущественным.

Лишь иногда близкие и родные будут грустить.

Если убийство для самообороны не считается преступлением

Убийство самого себя для защиты от боли и страданий должно быть в порядке вещей.

Мы не можем измерять смерть разными мерилами для удобства.

Если взрослый человек умирает по собственной воле, у Бога нет причин для сопротивления.

# Хорошее и плохое

Необходимость - мать изобретения

Каждое изобретение требует осторожности

Ходьба и бег полезны для здоровья

Благодаря тренажерным залам некоторые люди создают богатство

Велосипед появился в цивилизации, чтобы передвигаться быстрее

Люди были удивлены тем, как он передвигается на двух колесах.

Через некоторое время велосипеды перестали быть диковинкой.

В XIX веке иметь велосипед было гордостью.

В наши дни велосипед считается средством передвижения для бедняков

Автомобили и мотоциклы отодвинули велосипед на второй план.

Но в качестве здорового транспортного средства велосипед по-прежнему занимает свою позицию.

Не требует топлива, не загрязняет окружающую среду, не требует парковочных мест

В людных местах велосипед теперь снова поощряется

Благодаря нулевому выбросу углекислого газа он стал великим изобретением для человечества.

Более активное использование велосипедов поможет улучшить качество воздуха

Пластик хорош тем, что имеет небольшой вес и не бьется.

Но в природе пластик и полиэтилен не поддаются биологическому разложению

Полиэтилен и пластик привели в плачевное состояние природные водоемы

Находки полиэтилена в желудке морских животных ужасны

Стекло - это хорошо, но оно хрупкое и громоздкое.

Вот почему пластик может легко украсть историю

Фастфуд - это плохо, но без полиэтилена он не может двигаться

Без пластика самолето- и автомобилестроение не имеет надежды

Полиэтилен и пластик обеспечили нас дешевыми перчатками в период Covid19.

В противном случае смерть затронула бы другую пластинку

У каждого изобретения и открытия есть две стороны - хорошая и плохая

Разумный подход и оптимальное использование - неизбежная необходимость.

# Люди ценят только некоторые категории

Никто не узнает вас, если вы плохо поете.

Вас не узнают, если вы не актер или артист.

Люди не будут прислушиваться к вашим мнениям, если вы не политик.

Некоторые люди пойдут посмотреть на вас, если вы фокусник.

Даже если вы обманываете людей во имя Бога и религии, вы великий человек.

Никакого признания за тяжелый труд и честность, которые вы ставите на кон.

Вас оценят, если вы умеете лучше играть в футбол или крикет.

Бот хороших авторов и поэтов помнят лишь немногие ученые.

Даже если вы всю жизнь работали на людей, это не имеет значения.

Однажды вы умрете, как трудолюбивые пчелы в улье.

Иногда вас может не помнить даже ваш спутник жизни.

# Технология для лучшего завтра

Технологии всегда направлены на улучшение завтрашнего дня и будущего

Наряду с религией технология формирует культуру

Религия, культура, технология и экономика стали коллоидной смесью.

Без технологий структура цивилизации будет слишком слабой.

Прогресс человечества будет невозможен.

Однако технология - это всегда обоюдоострый меч.

Некоторые предложения имеют двойной смысл, хороший или плохой, в зависимости от того, как мы интерпретируем это слово.

Пистолет, динамит, атомные бомбы - это доказательство того, что технология может быть опасной.

Правители и короли всегда злоупотребляли ими, приходя в ярость.

Рациональность и мудрость - человек должен научиться обращаться с технологиями.

Но до сих пор в ДНК человека заложено эго и менталитет ссоры.

Использование технологий для удовлетворения эго, ревности, жадности полностью уничтожит цивилизацию.

# Слияние искусственного и естественного интеллекта

Слияние искусственного интеллекта с биологическим может быть опасным

Обретение ИИ сознания в будущем может иметь серьезные последствия для человечества

Сохранение естественного интеллекта для биоразнообразия очень ценно

Слияние искусственного и естественного интеллекта изменит путь эволюции

Процесс разрушения ускорится, и тогда выхода не будет;

Искусственный интеллект не сможет искоренить войну, насилие или неравенство.

Скорее наоборот, в процессе слияния искусственный интеллект приобретет все плохие качества

Робот с ревностью, ненавистью, эгоизмом и негативным отношением не будет ценным.

Конечный результат конфликтов между различными клонами искусственного интеллекта очевиден

Использование ядерных бомб может стать порядком дня в борьбе за превосходство

Пожалуйста, остановите слияние искусственного и естественного интеллекта через правоспособность.

# На другой планете

Ваша жизнь начинается в шестьдесят лет, но на другой планете.

К вам ослабевает семейный магнит.

Сила гравитации становится сильнее, поэтому вы не можете высоко прыгать.

Когда вы бежите, в горле быстро пересыхает

Чтобы залезть на дерево и сорвать яблоко, не стоит пытаться

Из-за слабой магнитной силы энергии требуется меньше.

Поэтому потребление пищи и высококалорийных продуктов уменьшается.

Когда вы встречаете молодых парней с кольцами в ушах и носу.

В вашей памяти всплывают старые добрые дни молодости.

Никто не хочет слушать вашу мудрость и добрые истории.

В своем блокноте вы начинаете записывать свои приятные воспоминания.

Ваш профиль на Facebook будут посещать только ваши друзья.

Потому что они, как и вы, сталкиваются с теми же тенденциями.

Планета, на которой вы живете, становится другой после шестидесяти.

Ни в коем случае не сравнивайте с вашей жизнью в двадцать лет, здесь нет никакого паритета.

# Разрушительный инстинкт

С самого детства человеческий разум был полон разрушительного инстинкта.

Уничтожать и убивать соседние кланы или племена было тактикой выживания.

Армия вторжения всегда старалась максимизировать разрушения.

Чтобы побежденные люди в свое время умерли от голода.

Войны, убийства, рабство были неотъемлемой частью человеческой цивилизации;

Стремление стать более могущественным, чем соседи, по-прежнему распространено.

Эго комплекса превосходства всегда выделяет яд войны.

Хотя человеческий разум достаточно развит, чтобы создать искусственный интеллект.

Они все еще не могут сказать "нет" разрушительному менталитету, пока-пока.

Тот же менталитет однажды попробуют применить и их творения - ИИ.

Человеческая цивилизация навсегда покинет эту планету.

# Толстые люди умирают молодыми

Борцы сумо не живут долго, потому что они громоздкие

Большие звезды также не могут жить долго, потому что они тяжелые.

Они разрушаются под действием собственной гравитационной силы, тянущей их внутрь.

Гравитационный коллапс заставляет межзвездную материю вступать в термоядерный синтез.

Теперь некоторые ученые говорят, что Вселенная - это всего лишь иллюзия.

Почему и с какой целью появились живые существа, не решено.

Частица Бога и уравнение Бога - все еще далекая мечта.

Найти Бога, даже если он существует, очень сложно.

Наше существование ради чего-то или ради ничего - всего лишь вероятность.

Хорошо то, что фундаментальные силы не проявляют пристрастности.

# Многозадачность - не лекарство

Смартфон может выполнять множество действий, но он не является живым существом

Дерево может делать только одну вещь, называемую фотосинтезом, но оно является живым существом

Многозадачность сама по себе не может сделать кого-то или что-то более совершенным для существования

Дерево - единственный источник пищи и кислорода, но против вырубки деревьев нет сопротивления

Миллионы деревьев вырубаются каждый год для сельскохозяйственных и жилых целей

Но альтернативного источника хлорофилла для производства пищи ученые не предложили

На семинарах и мастер-классах проблема вырубки деревьев ловко утилизируется

В результате все больше и больше бедствий, природа будет медленно навязывать

Глобальное потепление не могут уменьшить ни смартфоны, ни искусственный интеллект

Чтобы восполнить уничтоженный лес, все больше и больше саженцев должен производить человек.

# Бессмертный человек

Животные не осознают и не чувствуют, что они смертны.

Их инстинкты - это животные инстинкты, удовлетворение органов

Большинство людей также не осознают, что они смертны.

Вот почему люди жадны, коррумпированы и ведут войны.

Основная цель жизни в обществе стала слабее.

В наши дни все меньше людей умирает от голода.

Все больше и больше людей умирают из-за насилия и войн.

Как будто, подчиняясь основному инстинкту борьбы, высшее животное тоже сдается

Подобно собакам и кошкам, люди становятся нетерпимыми к ближнему.

Пока люди не осознают, что они смертны и живут в мире ограниченное время.

Он всегда будет оставаться эгоистом, жадным, и преступление для него - в порядке вещей.

Тысячелетиями человек старался заполучить богатство с помощью крючка или мошенничества.

Он также очень старался защитить свое физическое тело, ведь оно очень дорого.

Когда он умирает, даже в этот момент большинство людей не осознают истину.

Как пчела в улье, он падает и умирает, оставляя мед на пропитание другим.

# Странное измерение

Временное измерение - это очень странно.

Только относительность способна меняться

У праздных и неуспешных нет времени.

Для успешных двадцать четыре часа - это прекрасно.

Кто думает, что никогда не умрет, всегда в дефиците.

А кто думает: "Я могу умереть сегодня ночью", у того в запасе много времени.

Время никогда не делает различий между богатыми и бедными.

Каста, вероисповедание, религия - все это не имеет значения в ядре времени.

Для всех скорость времени одинакова.

Чтобы не упустить свой след, нужно играть в своевременную игру.

# Жизнь - это постоянная борьба

Жизнь - это постоянная борьба.

Каждый момент мы сталкиваемся с трудностями.

Препятствия могут быть маленькими, большими или ужасными.

Под давлением сохраняйте стойкость и не сдавайтесь.

Если вы перестанете бороться, вы превратитесь в руины.

Когда необходимо, отступайте назад и уклоняйтесь.

В следующий момент вы увидите свой прогресс.

Мужественно встречайте любые трудности, но будьте скромны.

С уверенностью в себе способность преодолевать проблемы удвоится

Никогда не забывайте, что жизнь слишком коротка, как воздушный пузырь.

# Летите все выше и выше, почувствуйте реальность

Когда мы смотрим с высоты на небо.

Большие дома становятся все меньше и меньше.

Люди становятся невидимыми, как бактерии.

Но они существуют, как и сейчас, когда мы начали летать.

Мы все еще можем увидеть их с помощью мощного телескопа.

Только наше положение относительно космического корабля

Игнорировать вещи с большой высоты легко для ума.

Поднимите свой ум на более высокий уровень, расширьте его

Мелкие и незначительные вещи вы никогда не встретите

Негативные люди никогда не придут к вам в гости.

С расширенным и наделенным силой умом просто летайте.

И собирайте нектар с цветка на цветок.

Наслаждайтесь ароматами роз, жасмина и т.д.

Однажды, в противном случае, вы умрете, оставив все в запасе.

Так почему бы не летать, летать и наслаждаться медом, ведь мир - ваш.

# Чтобы справиться с жизнью

Чтобы справиться с жизнью, седых волос недостаточно

Для пожилых людей современные технологии - это тяжело

Сегодняшние технологии устаревают уже на следующий день.

Что произойдет в следующем месяце, не может сказать даже технолог.

Человеческий мозг обладает ограниченной способностью поглощать и сохранять информацию.

Знания в человеческую ДНК попадают по эволюционной цепочке

Как и робот, интеллект не может быть установлен в человеческий мозг

Требуется много времени и терпения, чтобы правильно обучить ребенка.

Если искусственный интеллект будет объединен с сознанием и эмоциями.

Не будет смысла в биологическом совершенствовании и эволюции.

Это может привести к медленному разрушению человеческого мозга и деградации человечества

Чтобы сделать жизнь человека более комфортной, искусственный интеллект может оказаться не лучшим решением.

# Мы состоим только из кучи атомов?

Являемся ли мы кучей протонов, нейтронов, электронов и некоторых элементарных частиц?

Неужели камни, моря, океаны, облака, деревья и другие животные - это тоже просто куча.

Тогда почему некоторые кучи наделены дыханием, жизнью и сознанием?

В одной и той же комбинации атомов одни жизни невинны, а другие опасны;

Нет ответов ни от частицы Бога, ни от эксперимента с двойной щелью.

Почему и как две частицы запутываются, даже если их разделяют миллиарды миль?

Наблюдаем ли мы только кумулятивные эффекты комбинаций атомов?

Но все равно мы ходим во тьме, отвечая на фундаментальный вопрос

Всемогущий может быть заключен в клетку и изгнан наукой, только когда она даст нам идеальное решение.

# Время - это упадок или прогресс без существования

Время - это не что иное, как непрерывный процесс распада или прогресса

Само по себе время не имеет ни существования, ни того, чем время может обладать.

Время не может течь из прошлого в настоящее и будущее.

Воспринимать время таким образом - такова природа нашего мозга.

Черепаха, даже пройдя триста лет, не знает прошлого.

Двухсотлетний кит никогда не строит планов на будущее и не доверяет ему.

Измерение времени - это относительный процесс, позволяющий определить медленный процесс распада.

Но миллионы лет горы и океаны остаются непоколебимыми.

Человеческий мозг не может постичь время после ста двадцати лет.

Время не течет, а распадается, наш разум только и боится: сегодня давайте выпьем.

# Фараоны

Фараоны Египта были мудрыми и реалистичными.

Они прекрасно понимали, что в любой момент жизнь может стать статичной.

Фараоны начинали строить пирамиды сразу после коронации

Для них попытка стать бессмертными не является практичным решением.

Они никогда не ожидали, что возлюбленный воздвигнет им памятник.

Построить собственную могилу при жизни - более уместно.

В Индии также в древние времена старики отправлялись в Гималаи, чтобы встретить смерть.

Выиграв войну в Махабхарате, Пандавы пошли по тому же пути.

Многие мудрецы пробовали различные уловки и средства, чтобы стать бессмертными.

Но, осознав реальность, что смерть - это окончательная истина, вели себя разумно.

# Lonely Planet

Наша любимая Земля - одинокая планета в Солнечной системе.

Пригодная для обитания и биологической жизни с кислородом

Миллионы лет эволюции сделали нас людьми с сознанием.

Но на одинокой планете для человека существует одиночество.

На Земле, возможно, восемь миллиардов живых гомо сапиенсов.

Каждый человек одинок в своей жизни, даже став богатым и умным.

Мы - социальные животные, как мы всегда утверждаем, но на самом деле мы играем в эгоизм.

Жадность, эгоизм и комплекс превосходства сделали нас одинокими.

Каждый знает, что в одиночку ему предстоит пройти последний путь.

# Почему нам нужна война?

Почему нам нужна война в наше время

Коммунизм уже почти умер

Расовая дискриминация замедляется

Загрязнение и уничтожение природы достигло своего пика

Технологии объединяют людей всех рас и религий.

Но из-за деструктивного мышления будущее цивилизации мрачно

ДНК человека, склонного к разжиганию вражды, всегда лидирует.

Миротворческая ДНК в человеческом теле слишком слаба.

Ни Бог, ни наука не смогли остановить войны и убийства.

Развитые страны по-прежнему заняты продажей оружия.

Бедные и глупые страны становятся ареной для сражений

Каждый момент существует страх, что ядерная бомба нанесет самую большую рану.

# Отказаться от постоянного мира во всем мире

Тысячи лет назад он учил нас ненасилию.

Он понимал важность мира и тишины.

Но, будучи последователями Будды, мы продолжали совершать насилие.

Иисус пожертвовал своей жизнью, чтобы остановить убийства и жестокость.

Теперь его учение также тихо исчезает из наших ценностей.

Технологии также не смогли окончательно объединить людей.

Постоянный мир и братство все еще остаются далекой мечтой.

Начать насилие из-за касты, расы и религии стремится каждый.

Квантовая запутанность не смогла объяснить ненависть, жадность, ревность и эго.

Если технология не поможет решить эту проблему, постоянный мир в мире придется отменить.

# Недостающее звено

Вы не можете съесть торт и получить его тоже

Это противоречит законам природы.

Вы не можете попасть в прошлое и будущее.

Верить и в Бога, и в Дарвина - лицемерие.

Обе гипотезы не могут быть правдой, мы все знаем.

И все же, чтобы довести вопрос до логического завершения, мы медлим.

Люди интерпретируют обе гипотезы так, как им удобно.

Но такие гипотезы не могут быть истинными или научными.

Недостающие звенья Дарвина по-прежнему отсутствуют

Вот почему большинство людей молятся Богу и просят благословения.

# Уравнения Бога недостаточно

Вместо того чтобы умереть в коробке, кошка родила котенка.

Никто не заметил и не проверил кошку на предмет ее беременности

Шредингер поместил кошку в коробку без всяких минутных наблюдений.

Неопределенность в отношении предсказаний более сложна

Вопрос о том, жива кошка или мертва, не единственный.

Квантовая физика должна давать слишком много мнений и решений

Кошка могла родить несколько детей.

Несколько мертвых в момент открытия коробки и несколько живых

Ответа на уравнение Бога и частицу Бога недостаточно

Решить вопрос о существовании Вселенной очень сложно.

# Равенство женщин

Они жестоко расправляются с одинокой женщиной во имя удовольствия

Иногда трое, иногда четверо, а иногда и больше.

Животный инстинкт в худшей форме, чтобы раздавить роковую женщину.

За деньги, во имя гражданской свободы, уничтожают женскую душу.

А они утверждали, что являются факелоносцами человечества и цивилизации.

В мышлении людей нет рациональности и современности

Оправдывают все комплексом превосходства, эгоизмом и свободой воли

И утверждают равенство женщин на своей территории и в своей культуре.

Стоит только приподнять завесу, и вы увидите неприкрытую правду о торговле женщинами

Эксплуатация ради животных инстинктов, жестокость, бесчеловечное обращение - это не моргнув глазом.

# Бесконечность

Бесконечность минус бесконечность - это не ноль, а Бесконечность

Слово "бесконечность" - странное слово для человечества

Понятие бесконечности присуще только homo sapiens.

Все остальные живые существа не беспокоятся о бесконечной Вселенной

Представления о бесконечности у человеческих существ различны

Счет чисел заканчивается на бесконечности, так как наш мозг не может ее постичь.

Но для галактик и звезд бесконечность означает безграничность.

За пределы этой границы наш мозг и ученые не могут выйти.

Когда приходит понятие Бога, бесконечность имеет сингулярную основу.

Без бесконечности математика и физика канут в Лету.

# За пределами Млечного Пути

Насколько велик космос или Вселенная, не может понять человеческий мозг.

Барьеры скорости и времени удерживают нас в пределах нашей локальной области - галактики Млечный Путь.

Даже Млечный Путь настолько огромен, что исследовать все его уголки и закоулки будет невозможно.

С безнравственностью человеческой жизни наука и искусственный интеллект также будут короткими

Не успев завершить исследование и путешествие, наше солнце само потускнеет и угаснет навсегда

Попытки исследовать галактику за пределами Млечного пути в пределах временного измерения абсурдны.

Для этого наша жизнь должна находиться за пределами пространства и времени.

Как возникло это бесконечное существование материи и галактик - странная игра.

Мы до сих пор не знаем, что такое темная материя Вселенной и откуда она взялась.

Путешествие в астрономию и изучение Млечного Пути будет бесконечно долгим.

# Довольствуйтесь утешительным призом и двигайтесь дальше

Ничто не было, ничто не есть и ничто не будет под моим контролем.

И все же я всегда был доволен консолидирующим призом.

Каждый раз я вставал снова и снова, даже после великих падений.

Я никогда не просил помощи у короля или друзей, чтобы поставить меня на путь истинный.

Я верил только в себя и свои возможности.

Многие люди снова и снова пытались повалить меня на землю.

Я смеялся над ними, потому что их усилия были напрасны.

Над своими желаниями и усилиями они тоже никогда не властны

Если они не могут сделать свою собственную жизнь значимой и великой.

Как они могут препятствовать моей настоящей и будущей деятельности?

Они счастливы, тратя свое драгоценное время жизни.

Сплетни и вытягивание ног - спутники праздных людей, как бесполезный нож.

# Covid19 не удалось застегнуть

Ковид19 не смог сломить человеческую цивилизацию и дух.

Так что люди быстро забыли о катастрофе, с которой столкнулось человечество.

Теперь никто не вспоминает о тех, кто внезапно лишился жизни.

Люди снова слишком заняты своей повседневной жизнью, им некогда оглядываться назад.

Жадность, эгоизм, ненависть и ревность людей остались на прежнем уровне.

Общество или группа людей не извлекли никакого общего урока.

Такой образ мышления человеческих существ действительно странен и удивителен.

Хорошо, что шоу продолжается без перерыва.

Чтобы выжить в самой страшной катастрофе, для человечества это лучшее решение.

Пусть цивилизация движется дальше, следуя закону естественного отбора.

# Не будьте бедны умом

Вы можете быть бедны банковским балансом, но никогда не будете бедны умом

В любой момент и в любом месте вы можете легко найти богатство и деньги.

Отношение - самое важное, чтобы подняться по лестнице успеха

На каждой платформе после подъема вы найдете необработанные алмазы в полных коробках

В реальной жизни нет волшебной лампы, как в сказках, вам придется огранить необработанные алмазы

На следующей ступени лестницы необходимо отполировать алмаз.

Если ваше отношение к делу негативное, вы никогда не сможете подняться на большую высоту.

Вы останетесь на дне Гималаев в качестве нищего.

Когда ваши друзья и соседи добьются успеха, вы будете поражены.

Но их муки, когда они собирали жемчужины из морских глубин, никто не осознавал.

# Думайте о многом и просто делайте это

Когда вы думаете, думайте масштабно и просто делайте это.

Съешьте идею, выпейте идею, помечтайте о ней.

Ничто не может помешать вам воплотить свою идею в жизнь

Усердно работайте и твердо стойте на своей идее.

Ложитесь спать со своей грандиозной идеей и планом.

Новый путь и решение проблем придут утром

На каждом перекрестке могут возникнуть сомнения и замешательство.

Но с упорством вы быстро найдете решение.

Не отказывайтесь от своей дикой мечты и идеи, столкнувшись с критикой.

Прежде чем вы добьетесь успеха и достигнете вершины, вы всегда будете обескуражены цинизмом.

# Одного мозга недостаточно

Мозг необходим для интеллекта и сознания

Но одного мозга недостаточно, чтобы обладать эмоциями и мудростью

Нейроны, излучаемые во время любви, ненависти, ревности, имеют сложную структуру.

Взаимосвязь разума и мозга всегда слишком сложна.

Все млекопитающие обладают интеллектом разного порядка и уровня

В некоторых задачах больше, чем homo sapiens, могут превзойти другие животные

Каждый представитель животного мира может рассказать свою историю превосходства

Хорошо, что сознание о небесах, животные не могут рассказать.

Это не значит, что все, кроме людей, попадут в ад.

Только людям, воображаемым и обманутым, очень легко продаться.

# Счет и математика

Люди знали разницу между одним яблоком и двумя яблоками

Концепция числовых способностей связана с ДНК

Мозг мог воспринимать числа еще до открытия математики

Даже животные и птицы могли визуализировать числа в своем мозгу

Наведенный интеллект, современная математика в настоящее время тренируется

Открытие математики - это гигантский скачок для человеческой цивилизации

Без математики миллиарды проблем не будут иметь решения

Числовые и языковые способности - основа человеческого интеллекта

Для прогресса и успеха эти два компонента имеют большое значение

Эмоциональный интеллект также заложен в человеческом гене

Опыт и окружающая среда делают интеллект, эмоции сильными и чистыми.

## Памяти недостаточно

Заучивание фактов и цифр и их воспроизведение само по себе не является интеллектом

Само по себе знание - это не сила, а лишь орудие власти

Воображение и инновации важнее памяти и знаний

Искусственный интеллект обладает лучшей памятью, что мы должны принять и признать.

И все же искусственному интеллекту будет трудно превзойти человека в инновациях и изобретениях.

У нас есть воображение, эмоции и мудрость, которых ИИ пока не хватает.

В гонке за изобретениями и инновациями люди имеют преимущество в ДНК.

В эпоху компьютеров и ChatGPT думайте за пределами "черного ящика" и границ.

Ваше воображение и мудрость уникальны для вас, дайте им крылья.

В борьбе с искусственным интеллектом и компьютерами люди добьются успеха.

# Больше отдаешь - больше получаешь

Чем больше вы отдаете обездоленным, тем больше получаете

Щедрость - это человеческая ценность высшего порядка и великая

Закон притяжения не даст упасть вашему благосостоянию

Третий закон движения Ньютона верен для всех сфер жизни

Законы природы текут как водопровод без перебоев

Плоды добрых дел могут созревать не сразу.

Но будьте уверены, однажды они появятся, возможно, в другом виде.

Когда вы сажаете яблоню, природа не даст ежевику.

Этот плод вы не сможете изменить, это территория природы.

Для лучшего нового мира, с хорошими добродетелями, всегда проявляйте солидарность.

# Отпустить и забыть - это одинаково важно

Жизнь - это интеграция слишком больших мучений тела и разума.

Благодаря боевому духу ДНД мы всегда находим выход.

Пытки сделали наше тело и душу сильнее, как ковка стали.

Большинство травм легко излечиваются нашей системой сопротивляемости.

Исцеление разума может быть трудным, но время и ситуация заставляют двигаться вперед.

Самую сложную жизненную проблему тоже однажды решит время.

Забывать вещи - хорошая добродетель для душевного равновесия

В непроницаемой памяти наша жизнь превратится в тюрьму и ад

Чтобы забыть унижения и пытки жизни, важно отпустить их.

Искусственный интеллект, как и память, для человеческого мозга имеет катастрофические последствия.

# Квантовая вероятность

Наше смертное существование - единственное чудо во Вселенной.

Больше нет ничего странного, все подчиняется определенным законам

Во всех галактиках нет абсурда, ограничений и недостатков.

Атомы, фундаментальные частицы или распад нейтронов не являются чем-то новым

С начала формирования материи вариации физики немногочисленны

Относительность, квантовая механика могут быть новыми знаниями для цивилизации

Но задолго до человека природа провела всю стандартизацию.

Физика или какие-либо процессы не могут заставить протон вращаться вокруг электрона

При формировании материального мира не было естественного отбора

Все наши знания - это квантовые вероятности и перестановки-комбинации.

# Электрон

Материя Вселенной нестабильна по своей природе.

Потому что электрон не может оставаться спокойным.

Электрон - одна из самых важных частиц.

Но его поведение и свойства не просты

Существование электрона в атоме диалектично

Чтобы связать протон и нейтрон, роль электрона очень важна.

Возможно, из-за нестабильности электрона хаос всегда возрастает.

Энтропия Вселенной и творения никогда не уменьшается

Плач ребенка при рождении через ДНК - это эффект электрона.

Беспорядок и хаос будут увеличиваться, что отражается и на новорожденном.

# Нейтрино

Нейтрино - спутники мощных электронов.

Однако ими пренебрегают и не любят, как их собратьев.

Их называют частицами-призраками, поскольку они могут проникать во все.

Никто не знает, являются ли они волнами вибрирующей струны.

Мы также не знаем, как они приобретают массу во время универсального путешествия.

Но как фундаментальная частица, нейтрино имеют большое значение

Нейтрино имеют три разных вкуса, что очень интересно.

Даже имея дело с бозоном Хиггса, нейтрино хитры.

Нейтрино приходят от солнца и с космическими лучами

Физика частиц должна пройти долгий путь, чтобы сказать о призрачных нейтрино.

# Бог - плохой менеджер

Бог - прекрасный физик и очень хороший инженер.

Но он плохой учитель менеджмента и плохой врач.

Управление миром очень плохое, с конфликтами.

Перемещение людей через визы он ограничивает.

Для животных и птиц низшего порядка ограничений нет, причины неизвестны

При этом он проявляет меньше доброты к животным.

Дети гибнут в войнах и от рук экстремистов каждый день.

Но как остановить все эти жестокости по отношению к его любимым животным, он так и не сказал.

Миллионы людей умирают каждый год, страдая от неизлечимых болезней.

Врачи зарабатывают огромные деньги, а Бог прославляет их деятельность.

Инженеры внедряют инновации, не задумываясь о последствиях.

Во имя спасения жизни врачи часто совершают ошибки в последовательности действий.

# Физика - отец инженерии

Физика - отец всех инженерных дисциплин.

Электротехника - отец электроники, но обе эти дисциплины не просты

Механика - отец производственного инжиниринга

За встречные претензии на отцовство страдает мехатроника

У гражданской инженерии много приемных детей без связи с ДНК

Химическая инженерия занята тем, как думают молекулы.

Младший ребенок физики, компьютерная наука теперь король.

Они выбили все инженерные науки, чтобы претендовать на трон на ринге.

Смартфон и квантовые вычисления помогут им править еще несколько лет

Когда искусственный интеллект объединится с мозгом, все скажут "ура".

# Знания людей об атомах

Знания обывателя об атомах заканчиваются на электроне

Им достаточно знать о протоне и нейтроне.

Им не нужно беспокоиться о фотоне, позитроне или бозоне

Люди довольны знанием о том, что яблоко падает.

При этом стоимость яблока растет из-за населения

Компьютер и смартфон способствовали росту знаний

Но люди используют их, чтобы скоротать время и развлечься.

Книги сыграли лучшую роль в распространении информации об электроне, нейтроне и протоне

Даже имея под рукой Google и Википедию, вы не знаете, что такое бозон

Технологии все чаще используются для оправдания устаревшей религии.

# Нестабильный электрон

Волновые функции разрушаются без нашего ведома и наблюдения

Электрон излучает энергию, чтобы остаться на орбите в виде фотона

Для электрона, который не коллапсирует, действует принцип исключения Паули

Электрон имеет заоблачные вероятности в ядре, которые невозможно определить.

Принцип неопределенности Гейзенберга пытается сказать о неопределенном положении

Атомная структура является контейнером для электрона, вращающегося вокруг ядра

Свободные электроны теряют энергию, чтобы сделать атом стабильным в природе

Но невозможно, чтобы электрон находился в системе вечно.

Под действием гравитации, когда протоны захватывают электрон, он превращается в нейтрон.

И наконец, все рушится в черную дыру в галактике, не поддающейся нашему воображению.

# Фундаментальные силы

Гравитация, электромагнетизм, сильные и слабые ядерные силы являются фундаментальными.

Все четыре силы управляют и контролируют вселенные и галактики.

Ничто материальное не может существовать без этих фундаментальных сил

Сильные и слабые ядерные силы являются источниками связи атомов

Без гравитации звезды, планеты и галактики будут сталкиваться.

Электромагнетизм является основой для работы нашего мозга и коммуникации.

Благодаря этим четырем силам существует планетарная комбинация

Почему и как появились эти силы, трудно сказать с уверенностью.

Соединение атомов после большого взрыва происходило благодаря этим силам медленно

В процессе охлаждения после большого взрыва эти силы привели все в порядок.

# Назначение Homo Sapiens

В течение нескольких миллиардов лет на Земле не было никакой цели для живых существ.

Вдруг около десяти тысяч лет назад появилась цель для человека?

Никто из живых существ не знал, каково их предназначение на планете с солнечным светом

И все же с солнечными лучами планета, названная человеком Землей, была яркой.

Наши предки обезьяны и шимпанзе поддерживали эту планету в надлежащем состоянии.

Когда человек осознал свой интеллект, он заявил о своем предназначении.

Все остальные животные - их слуги, полагают гомо сапиенс.

Целью человека может быть его собственное воображение

Принятие гипотезы о цели не имеет научного решения

Дарвиновская теория естественного отбора противоречит концепции цели.

Но поскольку в естественном отборе есть недостающие звенья, большинство людей принимают ее.

# До "Пропавшего звена

Пока не найдено недостающее звено в процессе эволюции

У эволюции был еще один прорывной успех.

Это было разделение X-хромосомы и Y-хромосомы.

Нейтральные в половом отношении живые существа также были способны к размножению

Для секса и размножения нейтральная хромосома не должна соблазнять

Половая дифференциация через хромосому создавала неравенство

Появились два отдельных кода ДНК - мужской и женский.

Была ли половая дифференциация направлена на улучшение способности к размножению

Или для упрощения эволюции живых существ более высокого порядка?

И X-хромосома, и Y-хромосома - это куча атомов.

Однако их характеристики, свойства различны и случайны.

Как недостающее звено, почему и как различаются полы, мы не можем решить.

# Адам и Ева

Мифические Адам и Ева представляют собой X и Y хромосомы.

В результате их спаривания образуется новая жизнь, следующее поколение

ДНК несет в себе генетические характеристики и информацию.

Гены отвечают за мутации и непрерывную эволюцию

ДНК, несущая информацию, способствует естественному отбору.

Приходит ли сознание через информацию или нет - неясно.

Квантовая запутанность частиц сводит нас с ума

В процессе запутывания многие люди рождаются ленивыми

Вся картина сочетания атомов и жизни человека до сих пор остается неясной.

# Воображаемые числа - это сложно

Воображаемые числа трудно представить и понять.

Сложности, которые наш разум и мозг не может легко постичь.

Вещи, которые можно увидеть и потрогать, мозг может легко разложить по полочкам

Сложные упражнения ум всегда предпочитает хранить в холодном месте.

Вот почему, чтобы выразить сложные вещи, аналогия является очень смелой.

Видеть и осязать - значит верить, это основной инстинкт человека.

Воображаемая физика и философия имеют ограниченный интерес.

Для изучения новых вещей и идей лучше всего подходит воображение.

Без воображения, возможного или нет, наука не может двигаться вперед.

Когда вы открываете или изобретаете что-то новое, вы всегда получаете хорошее вознаграждение.

# Обратный подсчет

На последнем этапе перед стартом гонки всегда ведется обратный подсчет.

Потому что на этом этапе психическое давление огромно и нарастает.

При обратном подсчете ноль считается точкой отсчета.

Окончательный успех или неудача в путешествии или гонке нулевая точка только совместная

Когда вы достаточно повзрослеете на чудесном жизненном пути

Научитесь вести обратный счет для достижения большего успеха.

Без обратного счета конечную цель никто не сможет достичь.

Человеческая жизнь слишком коротка, чтобы постепенно считать до бесконечности.

Обратный счет - единственный способ двигаться по пути солидарности

Если вам не удалось начать обратный счет и добиться успеха, не вините судьбу.

# Все начинается с нуля

Все мы рождены, чтобы считать с криком, начинающимся с нуля.

При подсчете вперед достижений становится больше, вы - герой

Время не позволяет большинству из нас считать до ста.

К девяноста люди теряют энтузиазм и сдаются.

В пятьдесят, когда мы находимся в середине пути, лучше начать считать в обратном направлении.

Это поможет вам ценить жизнь и улыбаться ее наградам.

Сами того не замечая, люди считают годы, месяцы и дни.

Завтра многие люди не смогут увидеть утренние лучи солнца

Если вы своевременно начнете считать вперед и назад.

Когда ваше время закончится, вы непременно достигнете вершины.

# Этические вопросы

Все наши знания, опыт и интеллект приобретаются самостоятельно

Искусственный интеллект из наблюдаемого мира, также необходим нашему мозгу

Если мы попытаемся испытать все лично, то очень скоро устанем.

Принятие знаний от других людей без проверки является искусственным по своей природе

В будущем многие из таких знаний окажутся неверными.

Эмоции, такие как любовь, ненависть, гнев, также могут быть притворными.

По разным причинам, для искусственной улыбки и радости, наш мозг мы пытаемся тренировать

Искусственный интеллект стал частью человеческой цивилизации для прогресса

Без искусственного интеллекта не будет быстрого и стремительного успеха

Интеграция естественного интеллекта и искусственного интеллекта - самая сложная задача

Перед полной интеграцией с человеческим мозгом общество должно задаться этическими вопросами.

# All-Sin-Tan-Cos

Человеческая жизнь - это четыре квадранта путешествия во времени.

Если вы можете пройти все четыре квадранта, вы счастливчик и молодец.

Каждый человек должен пройти через двадцать пять лет обучения.

Рост физического тела достигает своего завершения

Всем не повезло пересечь первый квадрант из-за неопределенности.

Время и возраст смерти для человечества все еще остается чудом

Во втором квадранте двадцати пяти лет вы слишком заняты работой

В поисках лучшей жизни и безопасности в будущем все бегут.

Некоторые люди движутся в одиночку, без компаньонов, чтобы получить удовольствие.

Третий квадрант - время консолидации и тонкой настройки.

Ваши знания, навыки и богатство начали накапливаться.

Ваши дивиденды, успех и отношения вы начали подсчитывать.

В третьем квадранте вы - босс и генеральный директор, ведущий за собой других.

Постепенно вы теряете аппетит к увеличению богатства и продвижению дальше.

Самоактуализация и познание внутреннего "я" становятся важнее.

К тому времени, когда вы переходите в четвертый квадрант, ваша тень становится длинной

Ваш организм приобретает слишком много болезней, вы больше не сильны

Давление, сахар и другие недуги приходится контролировать с помощью таблеток.

Побочные эффекты лекарств также очень плохи и могут убивать людей.

Иногда вы начинаете беспокоиться, видя свои медицинские счета.

Никто не потрудится позаботиться о вас, все заняты в своем квадранте.

Большинство ваших друзей также покинули этот мир, и друзья становятся лишними.

Делайте свою деятельность в каждом квадранте эффективно и разумно

В конце четвертого квадранта у вас точно не будет никаких сожалений.

# Сила огня

Изобретение огня изменило ход развития человеческой цивилизации

Оно заложило основы огневой мощи в подавлении конфликтов

Чем больше у вас огневой мощи, чтобы подавить более слабое животное.

Больше вероятность экспансии и выживания.

Сила огня помогала человеку быть самым приспособленным к выживанию и прогрессу.

Из-за массовых лесных пожаров многие животные встали на путь регресса.

Люди до сих пор несут огонь в своих сердцах, как положительный, так и отрицательный.

Об этом свидетельствуют войны в истории, которые становились разрушительными

Однако позитивный огонь в сердцах помогал людям быть конструктивными

Но для цивилизации сила огня современных технологий может оказаться решающей.

# Ночь и день

Каждую ночь, когда я плачу.

Мир остается застенчивым.

Вселенная не пытается утешить меня.

Боль становится жареной.

Сердце пусто и сухо.

Одинокий жаворонок летит

Вся ночь - моя

Однажды я умру в одиночестве.

Мертвому мне люди скажут "прощай".

И все же, когда встает солнце, дух поднимается.

Днем нет времени плакать.

Нет причин, почему

Только я должен сделать и умереть.

# Свободная воля и окончательный результат

В пробке у меня была свобода выбора - ехать налево или направо.

Но каждый раз, когда я принимал собственное решение, движение становилось плотным.

Будь то поворот налево, направо или разворот, дальнейший путь редко был светлым

Чтобы проехать каждый метр, я был вынужден бороться с судьбой.

Свободной волей влюбленная в течение десяти лет пара решила пожениться.

Торжественная церемония бракосочетания была проведена на ярмарке в качестве прополки.

Через три месяца все с удивлением увидели, что они расстались.

Молодой человек улетел за границу за светлым будущим по своей воле.

Но даже после свободной воли и множества надежд, в авиакатастрофе он погиб

Между свободой воли и конечным результатом существует неопределенная связь

В любой момент может вмешаться судьба или принцип неопределенности.

# Квантовая вероятность

Вселенная началась с хаотического процесса образования квантовых частиц.

Все, что последовало за этим, было квантовой вероятностью

Звезды и другие небесные тела вращаются по упорядоченным орбитам.

Но в целом Вселенная, галактики всегда стремились заржаветь.

Энтропия Вселенной должна продолжать расти для ее выживания

Чтобы объяснить расширение Вселенной, необходима темная энергия

Мультвселенная - это не что иное, как квантовая вероятность без доказательств

В каждой религиозной философии мультивселенная имеет невыносимые корни.

Физика также имеет различные теории и гипотезы относительно нашего происхождения

Простая и окончательная истина реальности до сих пор иллюзорна и никому не видна.

# Смертность и бессмертие

Я счастлив, что я смертный, в мире несколько дней путешественник.

Я счастлив, что все остальные бессмертны и предоставляют услуги.

Бессмертные друзья и родственники скажут "пока-пока", когда я уйду.

Никто никогда не узнает, как я начну свою следующую жизнь, если таковая будет.

Через неделю все забудут меня, ведь люди умны.

Они будут заняты в супермаркетах, наполняя свои хозяйственные тележки.

Даже тогда время будет идти одинаково быстро: дни, месяцы, годы.

Благодаря бессмертию они никогда не устанут, не истлеют и не заржавеют.

Через сто лет кто-то может отметить столетие моей смерти.

Через тысячу лет кто-то может найти меня в сети, может сказать, что я был современником.

Но его реакция будет без эмоций и сиюминутной.

Смертность и бессмертие идут рука об руку, люди не хотят умирать.

И все же до последнего дня своей жизни, чтобы стать бессмертным, я никогда не буду пытаться.

# Безумная девушка с перекрестка

Каждый день она бродит по перекрестку, смеется, улыбается и разговаривает сама с собой.

Ее не волнует, кто приходит, кто уходит, ее не интересует внимание.

Ее не беспокоит ни грязное платье, ни лицо без макияжа, ни пыльные волосы.

Она также должна быть кучей протонов, нейтронов, электронов и других фундаментальных частиц.

Следующих тем же законам движения, гравитации, электромагнетизма и квантовой механики.

И все же она не такая, как все, может быть, это неуправляемое поведение нестабильных электронов.

Врачи не смогли найти решения, почему она отличается от других и излечивается.

Нет реальных объяснений несимметричному поведению ее сознания

Ее сознание и излучения нейронов не поддаются объяснению квантовой теории

За ее улыбающееся лицо и счастье люди проявляют жалость и выражают сожаление.

Но, независимо от квантовых наблюдателей, она живет веселой жизнью.

# Атом против молекул

Молекулы не могут быть основополагающими для создания планеты и Вселенной

Углерод, водород, кислород, кремний и азот сделали Землю разнообразной

Кальций, железо, натрий, калий все в виде молекул погружены

Без комбинации атомов молекулы невозможны - это правда

Но без превращения в молекулы существование элементов невозможно

Нейтрон может распадаться, превращаясь в протон и электрон, чтобы стать другим атомом

Комбинация протонов и электронов также происходит случайным образом

Белки и аминокислоты появились в виде молекул, чтобы сделать жизнь возможной

Фотосинтез, обеспечивающий пищей животный мир, в атомарном состоянии невозможен

Поскольку молекулы нестабильны, как атом, для нашего существования молекулы надежны.

# Давайте примем новое решение

У рек, озер, морей и океанов есть дно

Глубина каждого водоема не симметрична, а случайна.

Холмы могут быть высокими или низкими, зелеными или белыми в течение всего года

Но для характеристик всего сущего имеют значение только атомы.

Красота природы, звезд или женщин - все это груды атомов.

Никто не может увидеть красоту чего-либо без эмиссии фотографий

Фундаментальные частицы и атомы - все различие в их сочетании

Человеческие существа не контролируют ничего на ранних этапах формирования

Люди также не сделали ничего, чтобы ускорить или замедлить процесс эволюции

Чтобы сделать мир лучше с любовью и братством, мы можем принять решение.

# Статистика Ферми-Дирака

В повседневной жизни мы видим множество людей, не взаимодействующих друг с другом.

Статистика Ферми-Дирака может дать нам разумное решение.

Статистика применима как к классической, так и к квантовой механике

У каждого человека свой менталитет, отношение к жизни и динамика.

У каждой фундаментальной частицы есть свои пути к термодинамическому равновесию

Даже не имея измеримой массы, частицы имеют свой импульс

Статистика Бозе-Эйнштейна также применима к идентичным, неразличимым частицам

Весь процесс описания частиц сложен и не прост

В какой-то момент в бесконечном космосе мы перестаем понимать, что происходит.

Но любознательность человеческого разума и физика никогда полностью не ослабевают.

# Нечеловеческий менталитет

Люди стали бесчеловечными и жестокими.

Хотя в наши дни нет исторических дуэлей.

Но за убийство невиновного, незначительное дело может стать причиной.

Терпимость падает быстрее, чем закон убывающей отдачи.

Если вы будете отстаивать правду и справедливость, следующая пуля может стать вашей.

Из-за мелких инцидентов сгорают многие города.

В любой момент, в любом месте и по любой причине смертельное насилие может вернуться.

В наши дни люди жаждут человеческой крови.

В мире от насилия гибнет больше людей, чем от разрушительных наводнений.

Жертва Иисуса за человечество сейчас в опасности, поскольку жестокость достигла пика.

Насилие, войны, ненависть, нетерпимость - скоро ткань человечества разорвется.

# Бизнес-процесс

Является ли жизнь лишь бизнес-процессом, направленным на максимизацию производительности и прибыли.

Или это естественный процесс, способствующий эволюции и прогрессу?

Все общество теперь стало местом для маркетинга товаров.

Умение обманывать людей стало важным навыком выживания и приспособления к жизни.

Невозможно двигаться дальше, следуя истине и будучи простым и честным.

Безгранична жадность к богатству и к тому, чтобы стать знаменитым с помощью крючка или мошенничества.

Для умственного обогащения никто не хочет тратить время или читать книги.

На рынке нужно как-то продавать свои услуги или товар.

Из социальной структуры, отношений и ценностей всегда вычитается

Если вы не можете заниматься маркетингом и получать прибыль, ничего в жизни вы не сможете построить.

# Покойся с миром (RIP)

Когда я умру, кто-нибудь напишет некролог.

Но слова о том, что я покоюсь с миром, будут главным комментарием.

Теперь никто не спрашивает меня, упокоился я или нет.

Даже мои самые близкие друзья попадают в ту же группу.

Я никого не спрашивал об их покое.

После смерти моих друзей и до сих пор, я также следую тому же пути

Смерть стала для всех нас очень дешевой и безэмоциональной.

Хотя это правда, что однажды все сядут в автобус.

После смерти мир и счастье становятся неважными.

Покой в мире - это очень недавний патент на современный образ жизни.

Люди слишком заняты, и у них нет времени на покой и отдых.

После смерти сказать друзьям "покойся с миром" - это просто и лучше всего.

# Души реальны или воображаемы?

Существование душ всегда ставится под сомнение, поскольку нет никаких научных доказательств

Сознание живых существ реально, но является ли оно делом провидения?

Гипотеза о душах имеет глубокие корни, пережив цивилизацию за цивилизацией

Души и их непрерывность после смерти - неотъемлемая часть большинства религий.

Чтобы доказать эту точку зрения, религиозным решением являются воплощение и пророки.

Однако до сих пор не удалось найти недостающее звено между телом и душой.

Причина возникновения сознания высшего порядка также остается невыясненной

В бесконечных галактиках исследования науки - лишь маленькая пылинка.

На актуальные вопросы о душах и сознании должна ответить наука.

Иначе со временем многие гипотезы науки заржавеют.

# Являются ли все души частью одного пакета?

Являются ли души разных живых существ частью одного и того же программного пакета?

Каждая душа имеет квантовую запутанность, но разный багаж

Благодаря эволюции все живые существа также имеют экологическую привязку.

Многие виды вымерли, потому что со временем перестали развиваться.

Люди, самопровозглашенные высшие животные, теперь ищут спасения.

Однако взаимосвязь между программным и аппаратным обеспечением жизни отсутствует

Наука, религии и философия обладают собственным уникальным мышлением.

Ни одна из них не может убедительно доказать, что их гипотеза верна.

Когда пытливые умы задают сложные вопросы, все отказываются от них.

В вопросе взаимоотношений души и тела до сих пор большее влияние оказывают религии.

# Ядро

Без ядра ни один атом не может образоваться или существовать как атом

Фундаментальные частицы сами по себе не могут превратиться в материю

У вещей во Вселенной может быть гипотеза для лучшего объяснения

Солнечная система не может существовать и продолжаться без Солнца

Спутники также являются балансирующими силами, и не для развлечения людей

Без центрального ядра, обладающего огромной энергией, космос не может быть упорядочен.

Бог ли это или что-то другое, физика должна копать дальше.

Расстояния между звездами и галактиками недоступны для нашей ракеты.

До сих пор исследовать каждый уголок нашей галактики нам не по карману.

Тем не менее, многие люди готовы отправиться в космос навсегда, покупая дорогостоящие билеты.

Эта любознательность и стремление познать неизведанное - цивилизация.

С развитием квантовых технологий освоение космоса будет набирать обороты.

Пока мы не найдем окончательное ядро или истину, скрывающуюся за связью звезд.

Пусть люди будут счастливы в своих религиозных убеждениях и молитвах.

# За пределами физики

За пределами странного мира физики - мир биологии

Комбинация атомов создала молекулы белка

Появились вирусы и одноклеточные организмы

Носитель информации ДНК положил начало процессу эволюции

Взаимосвязь физики и биологии может дать фундаментальное решение

Обратное проектирование через генетику может рассказать, как появилась жизнь

Для всемогущего Бога может не существовать ничего внутри игры

За пределами физики есть любовь, человечность и материнство, чтобы дать новую жизнь.

Подобно сочетанию протона и электрона, у нас есть муж и жена.

Тайна творения будет продолжаться и после квантовой механики.

Некоторые физики дадут нам новые идеи существования с помощью новых гипотез.

Жизнь будет продолжать конкурировать с искусственным интеллектом и войнами

Возможно, люди не найдут причину своего существования, но будут колонизировать звезды.

# Наука и религия

Наука никогда не ссылается на религиозные тексты для доказательства своих теорий

Научные теории и гипотезы не основаны на воспоминаниях

Религиозные тексты на начальных этапах цивилизации передавались из поколения в поколение

Эти тексты всегда пытаются получить подтверждение от науки

Если Бог существует в другой галактике, то религиозный текст - не его версия

Чтобы доказать это подтверждением, у религиозных лидеров нет решения.

Часто они ссылаются на кусок стиха, чтобы доказать, что он основан на науке.

Но никаких математических ссылок на фундаментальные законы в защиту

Пророки и религиозные лидеры не являются изобретателями научных теорий

Сходство с природой и естественные законы являются лишь следствиями

Религия и наука могут быть двумя сторонами монеты, называемой жизнью.

Но когда дело доходит до лабораторных или физических испытаний, религии опускают руки.

# Религии и Мультивселенная

Где бы вы ни были, будьте счастливы и живите в мире

Таково мнение большинства религий о душах.

Значит ли это, что религии знают о параллельной вселенной

Или это самый простой путь к уединению для близких и дорогих людей.

Концепция нескольких вселенных присуща нескольким религиям

Но это было за пределами квантовой запутанности и конкретных решений.

Даже современная концепция параллельной вселенной не имеет направления.

Физика все глубже проникает в атом и фундаментальные частицы.

Вместо того, чтобы конкретизировать, лучше философски отнестись к препятствиям

Даже в больших размерах Вселенной космологические константы различаются

Тогда вся теория или гипотеза начинает вызывать сомнения и страдания

Религии - это вопрос веры, и верующие никогда не спрашивают доказательств.

Даже самые научные и рациональные умы никогда не скажут, что вид - это глупость.

# Будущее науки и мультиверс

Когда люди умирают, родственники говорят: "Живите в мире, где бы вы ни были".

Эта религиозная точка зрения глубоко укоренилась в обществе и простирается слишком далеко.

Люди получают утешение от боли при уходе и пытаются залечить шрам

Большинство этих людей не знают о квантовой запутанности.

Существует ли мультивселенная или нет, для них совсем не важно.

Как и все животные, люди тоже боятся умереть и покинуть мир.

Так что концепция жизни в другой галактике могла бы и не возникнуть.

Возможно также, что наша цивилизация старше, чем говорят факты.

Миллионы лет назад здесь могли находиться какие-то развитые существа.

Люди из других миров могли взаимодействовать с этими существами.

Отправившись в путь, люди начали молиться.

О существовании других вселенных люди узнали из уст в уста.

В долгосрочной перспективе существование жизни в других вселенных становится очевидным.

В физике появилась гипотеза о мультивселенной для объяснения природы

Если мультивселенная действительно существует в других галактиках, будущее науки будет иным.

# Медоносные пчелы

В мире большинство людей живут как медоносные пчелы

Если смотреть сверху, то огромные здания - это деревья.

В своих жилых кварталах они не имеют индивидуальности.

И все же, как пчелы в улье, каждый живет в своем доме солидарно.

Они работают и работают для своего потомства, без всякого отдыха

Всегда стараются дать своим детям то, что считают лучшим.

Как и медоносные пчелы, они отдыхают только ночью.

Однажды их ноги становятся слабыми, чтобы ходить, а руки - чтобы работать.

К тому времени их дети становятся взрослыми и начинают качаться.

В доме престарелых или приюте инвалида запирают.

Все забыли, как много они когда-то работали.

Как пчела, они тоже падают на землю, и никто этого не замечает.

Но в зеленые дни, чтобы наслаждаться жизнью, некоторых людей не переубедить.

## Тот же результат

Квантовая механика не делает различий между оптимистом и пессимистом

Разница может быть обусловлена квантовой вероятностью или запутанностью.

Оптимист и пессимист - две стороны одной медали в мире.

Но в повседневной жизни они проявляются по-разному.

В крикете и футболе вы можете выиграть, даже проиграв жребий.

При пессимизме человек может выиграть в долгосрочной перспективе, получив благословение креста.

Оптимизм не гарантирует успеха и счастья на протяжении всей жизни

Для многих оптимистов в долгосрочной перспективе оптимизм остается лишь шумихой

Пессимисты умирают только один раз, и то с радостью, не сожалея о неудаче.

Оптимисты умирают несколько раз после того, как каждая мечта идет под откос, будьте уверены.

Для оптимиста или пессимиста единственный выход - двигаться дальше и закончить игру.

Несмотря на свободу воли, упорный труд, квантовая запутанность дадут тот же результат.

Переведено с помощью DeepL.com (бесплатная версия)

# Что-то и ничто

Нечто и ничто, ничто и нечто

Бог, нет Бога, нет Бога, Бог более загадочен, чем яйцо против курицы

Большой взрыв или нет начала, нет конца, только расширение и расширение

Темная энергия или не темная энергия, расширяется Вселенная или это просто мираж

Антиматерия и фундаментальные частицы имеют свою роль и роль

Законы физики были сформулированы первыми, или Вселенная появилась первой

Это тоже серьезный вопрос, как нечто и ничто, не должно ржаветь

Чтобы познать природу и Вселенную, каждый вопрос должен иметь ответ

Как происходит интеграция физики, биологии, химии, математики

Человеческие эмоции и сознание также имеют разные пробеги

Неясно также, может ли таблица, теория всего превратиться

Между ними религии способны заставить мир сгореть.

Даже после секвенирования генома и познания квантовой запутанности

Люди с радостью и удовлетворением подписываются под религиозными убеждениями.

Потому что физика все еще далека, чтобы решить что-то или ничего.

Переведено с помощью DeepL.com (бесплатная версия)

# Поэзия в лучшем виде

Лучшая научная поэзия, когда-либо написанная, была посвящена массе и энергии.

Это привело к тому, что пространство, время, масса и энергия стали объясняться в синергетике

Квадрат E, равный m c, навсегда изменил многие вещи в физике

Популярность любых законов науки, таких как связь материи и энергии, редка

Даже законы движения Ньютона остаются позади по популярности.

Дуализм материи и энергии разрушил господство классической физики.

Она открыла неизвестный мир квантовой теории и механики.

Поэзия, объясняющая большую часть нашего видимого мира, - это уравнение материя-энергия

Теория относительности дала многим необъяснимым вещам решение

Гравитация, электромагнитные силы, сильные и слабые ядерные силы невидимы.

Но их применение в технике сделало этот современный мир возможным.

В объяснении философии природы поэзия и физика совместимы.

# Седые волосы

Седые волосы и старость не означают знания и мудрость

Даже в конце жизни, после восьмидесяти, многие люди живут в царстве дураков

Большинство людей не извлекают уроков из опыта и прошлого.

Поэтому их незрелость и глупость сохраняются до последнего вздоха.

Наличие ученых степеней и богатства не может сделать человека джентльменом

Без ценностей и чувств в сердце вы можете стать лишь продавцом.

Знания и мудрость с ценностями сделают вас внутренне хорошим человеком.

Даже с самыми бедными из бедных нельзя вести себя грубо.

Честные люди, основанные на ценностях, сейчас более востребованы в обществе

Нам не нужны профессионалы и образованные люди с коррумпированным менталитетом.

# Нестабильный человек

Большинство людей нестабильны и имеют проблемы с психикой и здоровьем.

Неуправляемое поведение молодых людей, электроны могут иметь ключ к разгадке

Физика может объяснить нам, почему небо не настоящее, а выглядит голубым

Даже сейчас лекарства не могут быстро вылечить простуду и сезонный грипп

Почему некоторые вирусы по-прежнему непобедимы, не знают ни физики, ни врачи.

Идеальное предсказание погоды и осадков - очень ограниченное и редкое явление

В жизни человека мозг испускает миллиарды нейтронов для проявления эмоций.

Но как именно это произойдет, ни один физик не может правильно предсказать.

Квантовая вероятность каждого будущего момента неограниченна

В любой момент, при любом несчастном случае, самый лучший врач может погибнуть.

# Пусть поэзия будет простой, как физика

Почему поэзия не может быть такой же простой, как математика и физика

Истина всегда проста, понятна и не нуждается в сложных словах

Поэзия не должна быть сложной и непостижимой для простого человека

Не только элитные классы должны знать о внутреннем самовыражении.

Подобно законам движения планет, поэзия должна быть простой и красивой

Поэзия должна быть способна проникнуть в лучшие человеческие ценности, чтобы сделать жизнь радостной.

Законы Ньютона так просты и понятны.

Все планетарные движения мы можем рассказать простым способом.

Е, равное квадрату m с, объясняет дуализм материи и энергии без всяких сложностей.

Физика и поэзия могут легко идти в тандеме, чтобы сделать жизнь лучше

Сложные слова и только с внутренним смыслом, поэзия не станет сильнее

Нет определения поэзии, она граничит с галактиками за пределами млечного пути

О математике и физике простая поэзия может легко сказать.

# Макс Планк Великий

Квантовая механика развилась сразу после создания Вселенной

Поведение фундаментальных частиц было нестабильным, случайным и разнообразным

Со временем появились электрон, протон, нейтрон, фотон.

Никто не знает, откуда взялась необходимая начальная искра и сила.

В течение миллиардов лет упорядоченная сингулярность переходила в хаос, увеличивая энтропию.

Является ли Вселенная, материя и энергия новым прототипом старой копии?

Макс Планк открыл квантовую теорию после того, как на Земле появился гомо сапиенс.

Современная физика и квантовая механика появились благодаря его открытию.

Хотя люди появились на свет в процессе эволюции

Электрон, протон, нейтрон никогда не проходили через эволюцию, физика не имеет решения.

По-прежнему слишком много недостающих звеньев в объяснении того, откуда взялась энергия в материи.

В создании Вселенной физика и эволюция - не единственная игра.

# Важность наблюдателя

Когда-то миром правили динозавры и другие рептилии.

В результате эволюции и естественного отбора некоторые из них начали летать.

Умные и вялые виды остались в океанах и морях.

Во время золотого правления динозавров Земля двигалась вокруг Солнца.

Подсолнух знает о восходе и закате солнца и, соответственно, поворачивается.

Ни одно живое существо не беспокоилось о вращении и обороте Земли

Даже чем в навигации, перелетные птицы были точными и очень умными

Тысячелетиями даже homo sapiens не знал, что такое революция.

Пока умный Галилей не представил миру умопомрачительное радикальное предположение.

Животные не возражали против теории вращения и революции

Но собратья homo sapiens решительно выступили против Галилея и его теории

Галилея посадили в тюрьму за то, что он думал по-другому и противоречил старым верованиям.

Но как провозвестник истины, он подтверждает свою теорию и пытается сопротивляться

Его слова "тем не менее она движется" показывают важность наблюдателя.

Только наблюдатели, обладающие знаниями и воображением, могут навсегда изменить мир

Относительность существовала с самого начала существования нашей Солнечной системы.

Эйнштейн сделал это наблюдение и включил его в число новинок физики.

Важность наблюдателя теперь доказана с помощью квантовой запутанности.

Но реальность непрерывно прерывиста, и даже Вселенная не постоянна.

# Мы не знаем

Является ли смерть распадом волновых функций человеческого существа?

Куче протонов, нейтронов и электронов нужно время, чтобы распасться

Продолжается ли квантовая запутанность фундаментальных частиц в могиле?

У нас нет ответов в квантовой теории поля или квантовой механике.

Единственная надежда - подождать, пока теория всего объяснит это.

Но даже тогда никто не знает, поместится ли она под могилой.

В течение времени новые теории, гипотезы будут появляться и исчезать.

Прогресс технологий теперь никогда не замедлится

С каждой теорией и гипотезой всегда будет появляться новый блеск

И все же на некоторые вопросы наука и философия могут сказать: "Мы не знаем".

# Что появляется

Появляется сознание, квантовая запутанность и параллельная вселенная

Большой взрыв как начало из ничего постепенно сходит на нет

Темная энергия, черная дыра и антиматерия без выводов вибрируют

Теория струн, край Вселенной и путешествия во времени все еще вызывают недоумение

Искусственный интеллект и взаимосвязь человеческого мозга - это интересно

Частица Бога не становится всемогущей, как мы думаем.

В любой момент может разразиться ядерная война, и человеческая цивилизация утонет

С квантовой физикой любовь, ненависть, эго и биологические потребности не имеют никакой связи

Потребуется еще несколько тысяч лет, чтобы наступило гендерное равенство, а небо стало розовым

Никто не беспокоится об окружающей среде, экологии и не видит, как они подмигивают.

Безнравственность человека может полностью изменить экосистему живых существ

И все же человеческая жизнь будет продолжаться с жадностью, эгоизмом, ревностью и самолюбием

Гравитация, ядерные силы, электромагнетизм останутся фундаментальными.

Чтобы сохранить человеческое общество, любовь, секс и Бог будут по-прежнему играть важную роль.

Прогресс науки и технологий в достижении экзопланет будет экспоненциальным.

# Эфир

Наш отец сказал, что они изучали эфир в школе и колледже.

Об эфире у него было много информации и глубоких знаний

Эфир играл важную роль в объяснении распространения света и волн

Предполагалось, что эфир невесом и не обнаруживается в природе.

Но теория относительности и другие теории обрекли его на провал.

Гипотеза об эфире исчезла из наших школьных учебников.

На учебники по физике наш отец смотрел с удивлением.

Теперь у нас есть темная материя и темная энергия, а эфир - это старая история.

Через сто лет у темной энергии и черной дыры может быть та же история

Физика тоже развивается, как развивается жизнь в мире природы.

Когда-нибудь нашим правнукам будет рассказана история сегодняшней физики.

# Независимость не абсолютна

Независимость не абсолютна, она относительна, ограничена обществом, нацией

Абсолютная независимость нежелательна и может привести к хаосу и разрушению.

Свобода воли также ограничена природными силами и квантовой вероятностью

Чтобы совершить действие со свободной волей, мы можем только надеяться, поскольку существует вероятность.

Даже при низкой вероятности волновое уравнение может стать отрицательным.

Это происходит потому, что в природе все не имеет одинакового мерила.

Наши надежды - это сложные эмоции с сознанием и нейронами.

Волновые функции могут разрушиться из-за ограничений окружающей среды

Это не значит, что наша свободная воля никогда не увидит фотоны в виде света

Иногда результат или плод становится очень захватывающим и слишком ярким

Поскольку результат или плод - это продукт времени в доменном имени будущее

Наша цель и обязанность - наилучшие действия со свободной волей, остальное предоставьте природе.

# Принудительная эволюция, что произойдет?

Эволюция движется вперед от вирусов к амебам, динозаврам и другим видам

Могучий динозавр вымер, но многие виды выжили и двинулись вперед.

В конце концов, появился homo sapiens, и мать-земля получила лучшее вознаграждение.

Хотя есть и недостающие звенья: от моря до берега и от обезьяны до человека.

Эволюция происходила путем естественного отбора для выживания, чтобы произвести человека в саду Эдема.

Эволюция не начинается с более высокого порядка и движется назад, когда беспорядок увеличивается.

Это происходит потому, что энтропия Вселенной никогда не уменьшается в области времени.

Время может быть иллюзией, и между прошлым, настоящим и будущим существует тончайшая разница.

Но делать лучше и двигаться вперед - это свойство природы и культуры.

В человеческой цивилизации огонь и колесо появились до открытия сельского хозяйства.

На протяжении миллионов лет рождение и смерть являются частью жизни всех живых существ, слабых или сильных.

Только некоторые деревья, черепахи и киты жили очень долго.

Теперь ученые заявили, что бессмертие будет только у homo sapiens, а не у других.

Никто не знает, что произойдет в бессмертном царстве с нашими братьями-животными.

Будут ли бессмертные люди когда-нибудь оплакивать своих уже умерших матерей и отцов?

## Умереть молодым

Сто двадцать лет, отведенные человеку природой, являются оптимальными.

Это долголетие пришло через процесс естественного отбора.

Искусственное увеличение продолжительности жизни человека может привести к ослаблению естественного процесса.

Никто не может с уверенностью сказать, что не будет никакого экологического разрушения

Концентрироваться только на homo sapiens, игнорируя других, глупое воображение

Ста двадцати лет достаточно, чтобы изучить современный мир.

В этом возрасте для человека, живущего на планете Земля, нет ничего несказанного.

Он достигнет своей миссии, поставленных целей и достигнет стадии самоактуализации

Для него вместо покупки потребительских товаров будет важен спиритуализм

Я - баланс тела и разума, уход близких и родных подтолкнет к скептицизму

Мир стал тесен для путешествий и туризма, чтобы скоротать время

Когда человек разовьет поселение за пределами Солнечной системы, больший возраст может быть в порядке вещей

Относительность во время путешествия к экзопланете может сохранить их физическую молодость

Чтобы поселиться на новом месте за миллионы световых лет, разум также будет оставаться сильным.

До тех пор будьте лучше, любите, улыбайтесь, играйте, берегите окружающую среду и умирайте молодыми.

# Детерминизм, случайность и свобода воли

Я по собственной воле выбрал дорогу на перекрестке.

Но деревья падают на мою машину по воле урагана.

Было ли предопределено мое пребывание на больничной койке в течение недели?

У меня была возможность ехать по шоссе до места назначения.

Кто и почему остановил мое путешествие без причины на полпути?

В повседневной жизни мы много раз оказываемся в замешательстве: почему я принял это решение?

Если бы я выбрал другой путь, жизнь сложилась бы лучше.

Из-за случайности ума мы сами себя загнали в положение, которого можно избежать.

Свободная воля также всегда не дает нам наилучшего пути, не отвлекаясь на посторонние мысли.

Даже при наличии свободы воли, является ли принцип неопределенности Гейзенберга единственным решением?

Знаем мы физику или не знаем, все происходит так, как происходит.

Самый лучший водитель автомобиля иногда попадает в необычную аварию и погибает.

Чтобы спасти мать и новорожденного при кесаревом сечении, гинеколог всегда старался

Но случайно их усилия и опыт кому-то не помогли

Причины смерти здоровой матери не может объяснить никто.

# Проблемы

Проблемы существуют везде: в себе, семье, населенном пункте, городе, штате, стране, мире и Вселенной.

Иногда два человека не могут жить вместе, разногласия, которые они не могут разрешить.

Иногда в совместной семье со слишком большим количеством людей возникает сложная проблема, которую они также не могут решить.

Маленькая страна с населением менее миллиона человек борется годами за разделение, убивая тысячи людей.

Большая страна с миллиардным населением разрешает конфликты и движется дальше, устраняя помехи

Каждый день мы сталкиваемся с миллионами вирусов и бактерий, но живем с этой проблемой

Разрушение экологии и окружающей среды ложится на нашу жизнь дополнительным бременем

И все же мы принимаем изменения, и наше стремление решить проблему не является внезапным.

Механизм разрешения конфликтов в человеческой ДНК и цивилизации очень актуален

Удивительно, но в вопросе войны эго человеческого разума делает конфликты постоянными

Семьи разрушаются, братство испаряется, жадность стремительно растет.

Но как нация, люди по-прежнему демонстрируют единство и невидимые узы.

Квантовая запутанность вступает в игру во время стихийных бедствий между врагами

Враждебные нации в войнах, позволяет работать вместе для человечества, их боевые армии

Урегулировать конфликты легко, если лидеры используют собственные сердца, а не манекены.

# Жизнь нуждается в мелких частицах

Жизнь невозможна без фотонов невесомых частиц

Жизнь невозможна без отрицательно заряженных электронов

Углерод, водород, кислород и еще много элементов, необходимых для жизни

Без эволюции и биоразнообразия человеческая жизнь на Земле невозможна

Окружающая среда, экология, биоразнообразие - все они хрупки и подобны пчелиному улью

Гомо сапиенс думал, что он король Солнечной системы.

Мы забываем, что наше существование, как и существование любых других живых существ, также случайно.

Слишком много переменных могут разрушить нашу тележку с яблоками раньше, чем мы это осознаем.

Точное предсказание импульса и положения невозможно

Неожиданные и неизвестные вещи могут произойти без участия человека.

Даже прошлое и будущее нашей жизни находится вне нашего контроля

Земная жизнь более изменчива, чем бензин и патруль

Любовь, братство, счастье, радость мы можем легко сделать или разрушить

Чтобы сделать мир прекрасным и райским уголком, мы должны пройти через небольшую боль.

Иначе, как динозавр, мы будем вынуждены покинуть этот мир.

# Боль и наслаждение

Удовольствие и боль - две неотъемлемые составляющие жизни

Относительность и запутанность действуют во всех сферах существования

Боль тела может выражаться через выражение лица

Также боль ума может отражаться в теле, даже если мы ее скрываем

Отношения между разумом и телом настолько идеально спутаны, что жизнь не может не скакать.

Нет существования разума без физического тела из материи

Но без разума куча атомов не может сделать ничего сверх и лучше.

Уравнение материи и энергии очень простое, но трудновыполнимое.

Запутанность тела разума может быть и другой формой волны

Наше проявление через спутанность тел разума также случайно

Природа знает простой способ преобразования материи в энергию и наоборот

Вот почему звезды, галактики, вселенная и мы все существуем на планете

Механизмы преобразования материи в энергию и наоборот присущи живым существам

Когда человеческая цивилизация смогла открыть этот простой трюк

Хлорофилл для фотосинтеза станет частью нашего генетического кирпича.

# Теория физики

Бедные и богатые, имущие и неимущие

Законы физики одинаково применимы ко всем.

Для каждого живого существа яблоки всегда будут падать.

Хотя яблони могут быть низкими или высокими.

Гравитация одинакова для всех игр, будь то крикет или футбол.

Красота физики в том, что она никогда не дискриминирует.

Не то что законы, которые всегда пытаются дифференцировать.

Природа проста, поэтому и законы природы физика только объясняет.

Насколько просто человеческий мозг может понять, такова основная логика.

Чтобы понять любой закон природы, нам нужно тренировать свой мозг.

Большинство гипотез физики были получены сначала путем вычислений.

Так что некоторым природным явлениям мы можем дать простые объяснения.

Когда теории проверялись экспериментами и оказывались неверными

Они были выброшены из человеческой цивилизации.

Истинные теории выдерживают проверку экспериментами и становятся сильными.

# Что бы ни случилось, все равно случилось

Независимо от нашей свободной воли все происходит по-другому

Что бы ни случилось, у нас нет выбора, чтобы изменить ситуацию.

Вещи или происшествия случаются, когда это должно произойти.

У нас нет другого выхода, кроме как принять реальность.

До сих пор технологии не могут вернуть нас в прошлое.

Физика говорит, что нет разницы между прошлым, настоящим и будущим.

Во всех трех областях время имеет одинаковые характеристики и природу.

Но наш мозг настроен на скорость света в горизонте событий.

Иллюзия, называемая временем, может определять только наше мгновенное положение.

Это также может быть причиной, по которой многие религии считают, что жизнь - это иллюзия

Ни классическая механика, ни квантовая механика не могут объяснить.

Почему два человека с одинаковым кодом ДНК имеют разные эмоциональные проявления

Если время - иллюзия, а мы живем в трехмерной голограмме.

Тогда как и кто создал такое большое программирование - вот в чем вопрос.

Но реальность такова, что для того, чтобы заставить нашу свободную волю случиться, у нас нет решения.

# Почему эмоции симметричны?

Poor or rich, successful or unsuccessful all are heaps of fundamental particles

The atoms in the body of the mighty kings were not different from his subjects

Emotions brings the same joy, happiness and tears irrespective of races

When Jesus was crucified, the pain of his body not different from others

No one knows, in the name of religion, nations, why we kill others

Even the emotions in animals are also of the same pattern and symmetrical

When people kill them for pleasure, the emotion of human is not intellectual

Human never thought that everything in the universe is made of same material

That is why crucifixion of Jesus is important, and to civilization not peripheral

For existence of human life, emotions like love, hate, anger should be rational

When we forget about symmetry of life and don't feel others pain

The sacrifice of Jesus will be in vain, and our life will be insane

The morality, ethics, humanity all will collapse if particles become asymmetrical

All the theories of physics, philosophy and science will be hypothetical

For existence of living beings in this world, not similarity, symmetry is essential.

# В глубокой тьме также мы движемся дальше

Когда я вхожу в глубокую темноту жизни

Я пытаюсь укрепить свою хватку.

Дорога слишком скользкая, чтобы двигаться.

Моя палка важнее, чем мои молитвы.

Но молитвы указывают путь, как светлячки.

Чтобы двигаться вперед, каждую ночь я пытаюсь

Ночи никогда не станут днем

Таков закон природы.

В темноте я должен идти дальше.

Страх получить травму при падении естественен.

Прыгнуть с обрыва, чтобы закончить путешествие, - ненормально.

Мы - рабы генетического кода и инстинкта.

Двигаться дальше и жить даже в темноте - это элементарно.

Итак, я двигаюсь все дальше и дальше, я не знаю своего места назначения.

Но оставаться неподвижным в глубокой темноте - не выход.

# Игра в существование

Динамическое равновесие между наблюдателем и фундаментальными частицами имеет большое значение

Для животных низшего порядка, не обладающих зрением и половым размножением, существует иная вселенная.

Они не осознают многообразия красоты прекрасного мира, хотя у них есть сенсорный механизм

Для мира и галактик живые существа низшего порядка могут иметь другие представления.

Но они также являются наблюдателями во Вселенной, что неопровержимо доказывает эксперимент с двойной щелью.

Даже слепые человеческие существа по-разному воспринимают мир.

Только с помощью собственного воображения и слушая других, Вселенная будет раскрываться.

Глухой без слухового аппарата в старые времена мог подумать, что мир безмолвен.

История о посещении слона шестью слепцами - не просто история, а очень актуальная.

Все в видимом и невидимом мире странным образом связано через квантовую запутанность

Для меня Вселенная не существует, как только я умру, для наших предков Вселенная уже не существует

Наблюдение - это также двусторонний процесс существования пространства, времени, материи и энергии.

Без меня, для меня, расширяется или сжимается Вселенная - это даже не следствие.

Каким бы маленьким я ни был, Вселенная может наблюдать за мной до тех пор, пока я существую в ее владениях.

После моего ухода, существует ли Вселенная для меня, или я для Вселенной - все равно.

# Естественный отбор и эволюция

Естественный отбор и эволюция всегда направлены на оптимизацию и достижение лучшего.

Но после появления homo sapiens природа, похоже, взяла длительный отпуск.

Технологии разрушения и строительства разработаны и созданы людьми.

Сейчас мы генетически разработали продукты питания, чтобы избавиться от голода, но птичий грипп заставил нас забить нашу курицу.

Ядерные технологии предназначены для получения энергии, а также для уничтожения мира

Никто не может гарантировать, что в один прекрасный день ядерная кнопка не сработает

Природа могла бы легко сделать человеческую голову симметричной, с четырьмя глазами и четырьмя руками

Тогда бы из человеческой цивилизации навсегда исчезло предательство Брута.

Может быть, одна голова с двумя глазами и двумя руками - это высший оптимальный уровень природы

Дальнейшее развитие физиологического строения человека не поддерживается природой

Должны ли этим заниматься генные инженеры и искусственный интеллект или нет - теперь вопрос этики.

Но если мы будем держать кота Шредингера в коробке, как человечество получит логическое решение?

# Физика и код ДНК

Как физика и квантовая механика объяснят мораль и этику

Они важны в жизни человека, а выражение эмоций является основой

Без морали, этики, честности, братства цивилизация невозможна

Жизнь человека на случайной квантовой орбите будет катастрофической и ужасной

Сила будет права, и остановить убийство людей просто законом будет невозможно

Человеческая жизнь сложнее, чем мы можем предположить и объяснить с помощью биологии

Ни в одном священном писании нет истории того, как мы стали людьми из обезьян, с хронологией.

Мы до сих пор не можем изобрести профилактические и лечебные средства от рака.

Смогут ли генетика и искусственный интеллект навсегда избавить мир от всех болезней?

По мере того как мы продвигаемся к истине реальности все дальше и дальше, вопросов становится больше, чем ответов.

Неопределенность жизни записала в нашей ДНК код страха и суеверий.

Причина рождения и смерти в научных теориях не имеет доказанного решения.

В отношении сверхъестественных сил принцип неопределенности скорее укрепляет убежденность.

У нас нет альтернативы тому, чтобы налепить весла на наши убеждения вместе с теориями физики.

Без доказанного уравнения Бога, способного изменить код ДНК, религия будет продолжать процветать.

# Что такое реальность?

Является ли реальностью только материальный мир, который мы можем видеть и ощущать своими органами?

Или это всего лишь иллюзия (майя), как объясняют религии.

Является ли квантовая физика и фундаментальные частицы реальными действующими лицами?

А как же тогда наше сознание и другие человеческие эмоции?

Физика также утверждает, что в квантовой вселенной мы реальны лишь локально;

Цель жизни, сознание, душа и Бог все еще находятся за пределами компетенции физики

Наш опыт и учения цивилизации всегда развивают нашу этику

Реальность динамична и различна для ребенка, юноши и умирающего человека.

Тем не менее, любовь, ненависть, ревность, эго и другие эмоции - это генетический код.

Все эти качества и инстинкты, учения и опыт также не могут уничтожить.

Реальность также поставляется в виде пакетов, как дискретные квантовые частицы

Без сознания, прерывистости, жизнь в этом мире невозможна

Если реальность - иллюзия, то мы живем в мире голограмм, созданных кем-то.

Наука тоже сейчас говорит, что эта концепция реальности не является полным абсурдом.

Пока не подтвердится информация о параллельной вселенной, давайте жить здесь с любовью, братством и сочувствием.

# Противоборствующие силы

Является ли счастье каждый день целью человеческой жизни.

Или мы должны стремиться только к комфорту и уменьшению боли

Живем ли мы дольше и накапливаем богатство для достижения всех целей

Или поиск красоты и истины должен быть целью каждого человека?

Ничему из этого человек не может противостоять.

Даже если мы откажемся от материальной жизни и станем монахами.

Боль, болезни и страдания могут прийти и заставить нас гудеть.

Монахи и просветленные проповедники также испытывают голод.

Люди снова возвращаются к нормальной жизни, говоря, что отречение было ошибкой.

Нигде на земле не бывает дождя без облаков и грома

Один из основных природных инстинктов - способствовать разнообразию.

Без разнообразия люди также не могут рассчитывать на процветание

С протоном и нейтроном электроны тоже должны быть солидарны

Все человеческие эмоции также не могут существовать без симметрии

Жизнь в человеческом теле таинственна и взаимодополняема.

# Измерение времени

Время - это только иллюзия, и поэтому его называют пространственно-временной областью, чтобы знать его важность

Существование настоящего момента очень условно, оно зависит от измерения.

Измерением может быть секунда, микросекунда, наносекунда и далее.

Прошлое, настоящее и будущее перекрываются, чтобы их мог постичь современный человеческий мозг.

В физике нет разницы между прошлым, настоящим и будущим, важна скорость.

Время может быть свойством природы для термодинамического равновесия через энтропию

Или процесс проявления распада и смерти через коллапс волновой функции.

В Солнечной системе не было времени, пока планеты не начали вращаться вокруг Солнца.

Ни материи, ни энергии, ни фундаментальных частиц, ни волн, и все же время - это настоящая забава.

Как эмоции и основные инстинкты живых существ, время иллюзорно, но кажется, что оно всегда бежит

Пространство, время, гравитация, ядерные силы и электромагнетизм настолько идеально перемешаны.

Отделить время в физической области от других природных свойств невозможно

Современная система измерения времени - это всего лишь созданная человеком таблица времени

Даже относительность будет относительностью параллельных вселенных, если она действительно существует физически

Понимание мозга и измерение времени могут быть совершенно разными.

# Не копируйте, а напишите собственную диссертацию

Былое, настоящее и будущее едины в момент рождения, как атом.

После рождения жизнь мгновенно становится случайной, как вращающийся по орбите нестабильный электрон.

По мере продвижения жизнь становится похожей на радужный пузырь, излучающий разные цвета.

А также медленно движется к долине смерти, подобно побежденному военнопленному.

И снова прошлое, настоящее и будущее объединяются, а жизнь заканчивается, как у первопроходца.

Наблюдатель должен существовать для наблюдения за миром, так как после смерти нет смысла в материи-энергии, пространстве-времени.

Сделать жизнь яркой и значимой от единого момента к единому моменту - это первостепенно.

Все нематериально и не имеет значения, как только наблюдатель уходит.

Боль, удовольствия, эго, счастье, деньги, богатство - все это исчезнет и разорвется на части.

Точка к точке важна, от жизни, любви, счастья, радости и веселья не отделима

Если жизнь - это только вибрация, как объясняет теория Стинга, то кто-то может играть на гитаре.

Одну и ту же мелодию, конечно, вечный музыкант не будет играть для нас вечно

Танцуйте под эту мелодию так прекрасно, как только можете, и наслаждайтесь, пока существуете.

Естественный ход событий, которого не может избежать ни танцор, ни его результат, которому мы можем противостоять.

Следуйте своему икигай, наслаждайтесь мелодией и, наконец, напишите свою замечательную диссертацию.

# Цель жизни не является монолитом

В случайности и бесцельности существования фундаментальных частиц

Выяснить собственную цель жизни и опыта не так уж легко и просто.

Каждый момент, когда мы пытаемся двигаться вперед, мы сталкиваемся с внутренним и внешним сопротивлением.

Ум будет двигаться беспорядочно, как электрон, гравитация будет притягивать каждое движение.

Чтобы удовлетворить биологические потребности, мы будем заняты добыванием пищи, одежды и жилья.

Хорошо, что наши предки изобрели огонь, колесо, сельское хозяйство без соблюдения авторских прав.

Иначе прогресс, цивилизация были бы не разнообразными и красочными, а герметичными

Даже во времена древних цивилизаций некоторые люди беспокоились о цели жизни, выходящей за рамки физических потребностей.

Поэтому для общества и человечества они выдвигали гипотезы, философии, чтобы уравновесить человеческую жадность.

Но до сих пор наука и философия не смогли определить, что является целью человеческого рода.

Для многих из нас цель жизни - поиск красоты и истины, чтобы найти собственное предназначение.

Наше существование может быть иллюзией без всякой причины, но свою собственную историю мы можем написать красиво.

В конце концов, независимо от того, удалось ли нам найти свою цель или нет, мы должны уйти, подчинившись закону смерти.

Лучше быть счастливым и наслаждаться жизнью с любовью, благотворительностью и путешествуя по миру с собственной верой.

Ни один человек не является островом, человеческая жизнь развивается в процессе непрерывной эволюции, цель не является монолитом.

# Есть ли у деревьев предназначение?

Есть ли у отдельно стоящего дерева, по своей сути обладающего низким сознанием, какая-либо цель?

Оно не может ни двигаться, ни говорить, не испытывает таких эмоций, как любовь, эго или ненависть.

Единственная потребность - пища для жизни, а также сырье - воздух, вода и солнечный свет.

Готовит себе пищу с помощью хлорофилла посредством фотосинтеза и стоит как дерево.

Никакого эгоизма, кроме инстинкта жить и воспроизводить потомство для будущего.

Но в экосистеме деревья в целом имеют гораздо большее предназначение для других животных.

Птицы и даже насекомые могут обладать более высоким сознанием, чем деревья.

Однако без деревьев у птиц нет ни пищи, ни крова, ни столь необходимого кислорода для дыхания.

Животное более высокого порядка, слон, с большой совокупностью атомов, не может выжить без джунглей.

В целом, жить вместе, вокруг деревьев, для выживания позволяют другие структуры живых существ

Мы, homo sapiens, с самым высоким уровнем сознания, так же зависим от деревьев.

Но наше сознание позволяет нам, что, будучи высшим животным, рубить деревья мы вольны

Обладая интеллектом и технологиями, мы способны создавать свои собственные экосистемы

Бетонные джунгли с кислородными салонами, всегда более предпочтительные и лучшие убежища

В эволюции деревья появились раньше нас, и если у нас есть цель, то в этом вопросе деревья нам не чужие.

# Старое останется золотым

Огонь, колесо и электричество - открытия, изменившие человеческую цивилизацию, - по-прежнему остаются самыми важными

Для улучшения качества жизни и прогресса науки, техники и цивилизации они всесильны

Для современной цивилизации они по-прежнему подобны кислороду и воде, без которых жизнь не может существовать

Троица современной цивилизации, независимо от новых технологий, будет существовать всегда

Без электричества современная необходимость, компьютер и смартфон также погибнут

Цивилизация тоже идет по пути эволюции, самые важные открываются первыми.

Но их важность становится невидимой, как воздух для человека, хотя они не могут заржаветь.

Мы ощущаем важность огня, когда баллон с газом для приготовления пищи пуст и нет огня.

Когда колесо самолета не выходит на посадку, мы испытываем редкое напряжение.

Без электричества весь мир остановится, и не будет никакой связи.

Старое - золото, оно применимо ко многим другим открытиям и изобретениям, которые сейчас не важны для нашего ума.

Но подумайте об антибиотиках и анестезии, без которых наше сегодняшнее здоровье могло бы быть сделано как

Компьютеры и смартфоны сейчас на пике популярности и мнимого бессилия.

Но они не являются окончательным и лучшим решением для цивилизации и человечества

Какие-то новые и уникальные гаджеты и технологии рано или поздно найдут ученые.

# Вызов для будущего

История цивилизации полна войн, разрушений и убийств людей.

Но, преодолевая все техногенные ситуации, цивилизация не останавливалась.

В прошлом стихийные бедствия уничтожили множество процветающих цивилизаций.

Тем не менее, стремление к прогрессу и поиску лучшего качества жизни продолжается и продолжается.

Были плохие цари, которые убивали миллионы, а также мудрые, как царь Соломон.

Все открытия и изобретения совершаются людьми, которые мыслят нестандартно.

В один прекрасный день человек стал способен искоренить многие смертельные болезни, такие как оспа.

Наука о современной физике началась с воображения Галилея и Ньютона

Воображение важнее знаний, сказал Эйнштейн человечеству, это актуально

Изучая Вселенную с помощью воображения, ученые демонстрируют свое стремление

Новый мир квантовой физики появился, как прекрасная поэма, объясняющая реальность.

Квантовая механика также открыла перед человеческой цивилизацией бесчисленные возможности.

И все же у нас больше вопросов, чем ответов о времени, пространстве и гравитации.

Новые люди создают новые гипотезы, теории и проводят новые эксперименты, чтобы познать природу.

В то же время, сбалансированность экологии, окружающей среды и биоразнообразия - большая проблема для будущего.

# Красота и относительность

Мир прекрасен: океаны, горы, реки, водопады и многое другое.

Деревья, птицы, бабочки, цветы, котята, щенки, радуга - все это есть в природе.

Но красота не абсолютна, она зависит от того, кто наблюдает за природой.

Чувство красоты меняется от поколения к поколению и от культуры к культуре.

Поэтому красота относительна, а главное - должен быть наблюдатель.

Без наблюдателя, обладающего сознанием, глазами, чтобы видеть, и мозгом, чтобы чувствовать, красота не имеет никакого значения

Для человека также не имеет значения неизведанная и невидимая красота под океанами.

Наслаждаться красотой природы - это индивидуальный выбор, и даже женщина может быть для кого-то красивее

Это не значит, что мужчины homo sapiens совсем не красивы

Определение красоты для мужчин и женщин имеет разное значение.

# Динамическое равновесие

Матери-земле потребовались миллионы лет, чтобы достичь динамического равновесия

С момента возникновения Земли и эволюции природа двигалась как маятник

Когда мировой климат достиг состояния динамического равновесия и двинулся дальше

В процессе эволюции появились разумные животные, которых назвали людьми

У человека появилась своя концепция прогресса и процветания

Природный ландшафт, окружающую среду они прихотливо загрязняли.

Холмы превратились в равнины, водоемы - в жилища.

Леса были превращены в пустыни, где вырубались деревья и растения.

Реки перекрывались и превращались в большие озера, затопляя растительность.

Динамическое равновесие водного цикла начало разрушаться.

Глобальное потепление подталкивает климат к неустойчивым изменениям

Загрязнение окружающей среды, вызванное самим человеком, теперь не в пределах допустимого.

Наводнения, таяние ледников, холодные штормы теперь создают хаос

Чтобы восстановить динамическое равновесие, необходимо открыть новую технологию homo sapiens.

# Никто не может меня остановить

Никто не сможет остановить меня, никто не сможет отвлечь меня.

Мой дух неукротим, мой настрой позитивен.

Ни небо, ни горизонт не являются ограничивающим фактором.

Я сам - актер своего фильма и режиссер.

Препятствия приходят и уходят, как день и ночь.

Но я никогда не признавал поражения ни в одной из жизненных схваток.

Иногда на ринге мне приходилось туго.

Но я отскакивал назад со всей своей силой и мощью.

Люди, которые когда-то смеялись надо мной, считали меня сумасшедшим.

Пытаясь заработать на хлеб насущный, я и сейчас занят.

Если бы я прислушался к их замечаниям и смирился с поражением.

Сегодня, падая в грязь, я бы сказал: это моя судьба.

# Я никогда не стремился к совершенству, но старался совершенствоваться

Я никогда не пытался быть совершенным в любом деле или в своем творчестве

Совершенство - это не цель, а непрерывный процесс.

Никто не способен сделать розу лучше, чем она есть в природе.

Природа также находится на пути к совершенству через эволюцию.

Даже спустя миллиарды лет природа все еще движется к совершенству;

Когда мы концентрируемся только на совершенстве, наше движение замедляется.

Мы сосредотачиваемся только на драгоценном камне в руках и полируем его до идеальной короны.

Мы упускаем многие вещи в жизни, а также разнообразные леса во время путешествия.

Поиск совершенства делает наше видение узким, а жизнь - ограниченным туром.

Тренируйтесь делать лучше, это приведет к совершенству без ограничений;

Проводите бенчмаркинг, чтобы стать лучше, чем лучший, а не как абсолютный.

Перемены происходят каждый миг без всяких намеков и уговоров.

Закон и импульс природы - меняться и делать завтрашний день лучше.

Если мы достигнем совершенства, наше путешествие в поисках истины и красоты закончится.

Жизнь потеряет смысл, а значит, и Вселенная станет другой.

# Учитель

Взаимосвязь учителя и ученика подобна квантовой запутанности

Отношения ученика с хорошим учителем постоянны

Уважение исходит от личности и качества преподавания учителя

То, чему мы учимся у хорошего учителя, навсегда остается в нашем уме и сердце

В День учителя мы вспоминаем всех наших любимых и замечательных учителей.

Уважение к учителю нельзя навязать или заставить ученика

Важнее всего характер, поведение и качество преподавания.

Когда учитель становится другом в эмоциональных и личных проблемах

Для ученика на всю жизнь учитель остается символом.

Любовь и уважение - это двусторонний процесс, он должен существовать в каждом учителе.

# Иллюзорное совершенство

Совершенство - это трудная погоня, иллюзия и мираж.

Не гонитесь за бабочкой и не портите ей крылья.

Делать сегодня лучше, чем вчера, - это простой подход.

Со временем вы достигнете желаемого уровня совершенства.

Практика ведет к совершенству, дюйм за дюймом.

Также важно играть с семьей на пляже.

Это избавит вас от паутины и поможет больше практиковаться.

Однажды вы обнаружите прекрасных бабочек, летающих на песчаном берегу.

Создание новых вещей с совершенством станет вашим стержнем

Люди будут ценить ваши результаты, будут стоять у ваших дверей.

# Придерживайтесь своих основных ценностей

Я всегда придерживаюсь своих принципов и основных ценностей.

Поэтому я не жалею о том, что упустил или приобрел.

Правдивость и честность, даже в самой худшей ситуации, никогда не покидают меня.

Для выполнения обязательств я предпочел стать банкротом.

Чем обманывать других мошенническим путем.

Мои финансовые потери теперь обернулись долгосрочной выгодой.

Истина, честность и обязательства служили мне зонтиком во время дождя.

Люди пользовались моей мягкостью, не зная меня.

Но в конечном итоге я выстоял, и моя настойчивость - это ключ к успеху.

Люди приходили и уходили, когда мои ценности не поддерживали их.

С упорством и улыбками я несу свое царство вперед.

С пустым желудком, когда я спал под небом, не обвиняя других.

Какая-то невидимая сила всегда стоит за мной, как мой отец.

Честность, порядочность, правдивость - это не ракетостроение.

Мы должны закрепить их в нашем сознании и совести.

Ценности, которые никто не может измерить деньгами или богатством.

Все эти ценности будут жить со мной, а также уйдут вместе со мной после смерти.

# Изобретение смерти

Является ли изобретение или открытие смерти первым открытием homo sapiens?

Смерть имеет большее значение для прогресса цивилизации, чем огонь и колесо

Ограничение времени побудило людей стремиться к бессмертию.

В конце концов люди поняли, что все попытки стать бессмертными тщетны.

Цивилизация двигалась все дальше и дальше, осознавая, что смерть - это конечная реальность;

Будда, Иисус и все проповедники истины умирали, как и все остальные.

Они также учили, что все в мире нереально, кроме смерти.

Мир и ненасилие важнее для человечества, чем война.

Однако до цивилизации, свободной от войн, гомо сапиенс еще далеко.

Сейчас люди снова стремятся к бессмертию, переселяясь на звезду;

Даже зная о реальности смерти, люди ссорятся.

С бессмертием, как вид, для людей будет невозможна интеграция

С ядерным оружием в руках люди забудут о собственной смерти

Уничтожение каждого живого существа может однажды стать нашей судьбой

Через миллионы лет некоторые виды полностью искоренят войну и ненависть.

# Уверенность в себе

Уверенность в себе принесет вам чувство собственного достоинства.

Без уверенности в себе вы не сможете осуществить мечту.

С уверенностью в себе знания и мудрость работают лучше.

Упорный труд подтолкнет вас к мечте.

Мечта станет реальностью, когда вы двинетесь в будущее.

Упорство и настойчивость приходят с уверенностью в себе

С решимостью вы легко преодолеете любое сопротивление

Ваши мечты будут становиться все больше и больше

Ваше отношение к делу, каждый шаг, просто сделайте это, приведут в действие

Ваш образ мышления, производительность, результаты - все изменится навсегда.

# Мы оставались грубыми

По мере того как мы движемся назад в пространстве времени.

Все было не идеально, великое из прекрасного

Появление homo sapiens - это гигантский скачок.

После этого, тысячи лет, медленный природный процесс продолжался

Иногда происходили какие-то видимые, слышимые сигналы.

Ожидание homo sapiens, эволюция для других, вечный сон

Мир стал вотчиной разумных человеческих существ.

Для удобства и удовольствия они открыли много нового.

Однако природные процессы вытеснили многие человеческие расы из кольца.

Природные силы оставались неподвластны homo sapiens.

Поэтому, чтобы подавить природные силы, люди вынуждены были уйти в отставку.

Вместо того чтобы контролировать природные силы, человек уничтожил разнообразие

Экология и окружающая среда потеряли свою красоту и многообразие

Даже убийство своих собратьев стало обычным делом.

Крестовые походы и мировые войны уносили миллионы жизней.

Иисус был распят давным-давно за то, что пытался учить миру и истине.

Но до сих пор к природе, окружающей среде, экологии и человечеству мы остаемся грубыми.

# Почему мы становимся хаотичными?

Мир, спокойствие, единообразие и единый мировой порядок невозможны

Причина в законах термодинамики, все очень просто.

Чтобы перейти к порядку в беспорядочной Вселенной, энтропия должна снижаться.

Но закон энтропии является одним из важнейших венцов науки.

Чтобы привести фундаментальные частицы в порядок, время должно повернуть вниз;

В физике нет разницы между прошлым, настоящим и будущим.

Все они одинаковы, если рассматривать их с точки зрения свойств природы.

Настоящее может быть милли-, микро- или наносекундой для измерения.

Существование наблюдателя при проведении такого наблюдения более важно.

Черная энергия, антиматерия и многие другие измерения по-прежнему всемогущи.

Не зная всех измерений, мы можем объяснить Вселенную, как слепой объясняет слона.

Но для простого объяснения конечной истины важны все неизвестные измерения.

Квантовая вероятность также является вероятностью в бесконечной области пространства-времени, материи-энергии

Если мы не можем объяснить и понять все невидимые измерения, как физика может обеспечить синергию

Даже если мы преодолеем порог скорости света и устремимся к галактикам, чтобы познать все.

Прежде чем мы вернемся, наша солнечная система может разрушиться из-за отсутствия необходимой энергии и упасть.

# Жить или не жить?

Ученые и исследователи предсказывают скорое бессмертие человека

Благодаря искусственному интеллекту произойдет технологический бум

Для физической боли и страданий человеческого тела не останется места

Жизнь будет полна удовольствия и наслаждения без выполнения какой-либо работы

Не нужно будет вкладывать деньги в будущее на рынке спекулятивных акций

Пища, приготовленная роботами, будет иметь другой райский вкус

Физическое тело, спорт и развлечения будут в лучшем виде

Люди не будут понимать разницу между работой и отдыхом

Ученые не предсказали, каким будет пенсионный возраст

Что будет с людьми, которые уже находятся на пенсии

Нет прогнозов относительно человеческих эмоций, таких как любовь, ненависть, ревность и гнев.

Будет ли больше ссор и физической борьбы, так как тело становится сильнее?

Жить или не жить - это личное дело каждого, и нет законов, которые могли бы остановить смерть.

Но даже после бессмертия, я уверен, будут разлуки и плач.

# Большая картина

Какова моя роль в этой вселенной в общей картине.

Сложный вопрос без убедительного ответа

Ответить на вопрос о цели моего существования еще сложнее.

В науке и философии нет конкретного ответа, который убедил бы меня.

Я должен идти вперед и искать его в одиночку до самого конца.

Никто не будет сопровождать меня в поисках истины.

Все, включая мою лучшую половину, выбрали другой путь.

Мой опыт и убеждения никто не может изменить, я должен перезагрузиться.

Но память биологического мозга трудно стереть и полностью выкорчевать.

Она может рецидивировать в любой момент без какой-либо определенной причины и повода.

Если только мои убеждения, знания и мудрость не найдут причину в жизни.

# Расширьте свой кругозор

Расширьте горизонт своего сознания, чтобы увидеть бесконечную вселенную и возможности

Как только вы выйдете из своего черного ящика и зоны комфорта, вы сможете увидеть реальность.

Ни бинокли, ни телескопы не помогут вам ощутить бесконечную вселенную.

Только воображение человека способно создать видение за горизонтом.

Глаза могут просто увидеть объект, но мозг может анализировать его только с помощью научного обоснования.

Если вы не позволите попугаю своего разума выйти из клетки в раннем возрасте.

Он будет повторять лишь несколько слов, чтобы развлечь окружающих.

Когда вы расширите свой разум и посмотрите за пределы цветных очков, вы будете поражены.

Ваше зрение, позволяющее взглянуть на галактики, кометы и реальность жизни, станет ясным, а ваша жизнь - марлевой.

Как только вы обретете настоящую мудрость, чтобы понять природу, ваши следы будут прослеживаться в будущем.

Расширить горизонт ума легко, ведь ключ от черного ящика у вас в руке

Просто удалите с ключа, лежащего на песке, пыль вековых учений и религиозных предрассудков.

Если Галилей смог дожить до глубокой старости, то ваша жизнь, вы можете легко измениться, не бойтесь обидеть

Вашу жизнь, вашу мудрость, ваш путь никто не попытается сделать радужным или попытается понять.

Ваше время на этой планете ограничено, так что скорее осознайте, и действуйте, если нужно дать жизни вираж.

# Я знаю.

Я знаю, что никто не будет плакать, когда я умру.

Это не значит, что я должен перестать любить людей.

Я родился или живу не для того, чтобы после моей смерти лить крокодиловы слезы.

Скорее я буду любить людей и жить в их сердцах.

Мою щедрость и помощь кто-то будет помнить молча.

Поэтому делать добро людям и человечеству - мой приоритет и благоразумие.

Мне не нужны фальшивые похвалы эгоистов ради собственных интересов.

Лучше помогать невинным уличным собакам и животным - это прекрасно.

Даже меньший выброс углекислого газа и посадка деревьев окажут лучшее воздействие.

Моя любовь и благотворительность не для того, чтобы что-то вернуть или ожидать чего-то.

Это для распространения братства и создания мирной обстановки.

Чтобы вытеснить ненависть и насилие с общественного ринга.

Конечно, однажды, любя всех и не ненавидя никого, мы станем королями.

# Не ищите цель и причину

Мы пришли в этот мир без нашего желания или свободной воли, с определенной целью.

Однако наше рождение было многоцелевым - быть сыном, дочерью, сестрой или наследником.

Родители, общество закрепляют за нами цель - научиться тому, что открыли наши предки.

В поисках знаний, умений и мудрости наша жизнь становится многоцелевой.

После женитьбы и рождения детей семья становится нашей вселенной.

В юном возрасте у нас не было времени задумываться о цели и смысле жизни.

Добиться материальных благ, хорошо поесть и поспать - вот лучшая цель, которую мы заслуживаем.

В старости мы начинаем задумываться о смысле нашего существования.

О цели нашей жизни и причинах ее проявления мы не слышим резона.

Большинство людей умирают счастливыми, не зная цели и причин.

Для немногих поиски цели и причины превращают жизнь в мираж или тюрьму.

# Любить природу

По мере того, как мы все больше и больше отдаляемся от природы.

Мы упускаем в своей жизни многие реалии и слишком много сокровищ.

Неужели жизнь в городах с кондиционерами - это только наше будущее?

Мы пытаемся сохранить леса для обитания других существ.

Но уничтожаем природу и экологию ради нашего удовольствия

С начала цивилизации люди жили с природой комфортно

Но развитие высотных зданий, смартфонов полностью изменило ситуацию.

Мы потребляем больше калорий, сидя дома, а потом платим в спортзал

Питаясь быстрой и нездоровой пищей, миллионы людей страдают от недостатка кальция

Что за удовольствие жить сто лет в современных городах, платя премию

Мы слишком много работаем, чтобы иметь комфорт и безопасность в старости.

Но забываем, что ради иллюзорного будущего мы портим свое настоящее в клетке

Лучше была жизнь нашего прадеда, которого мы сейчас считаем дикарем.

Чтобы сбалансировать жизнь с современными технологиями и природой, нужно мужество

Жизнь в коме в течение нескольких десятилетий - это не настоящая жизнь, а пустой проход.

# Рожденный свободным

Когда мы рождаемся, мы рождаемся свободными, без цели, задач, миссии и видения.

На каждое наше движение родители, семья и общество накладывают свой отпечаток.

Наше сознание формируется под влиянием окружения и среды, в которой мы живем.

Система ценностей также формируется не через генетический код, а через то, что дают родители, учителя.

Мы рождаемся свободными, но не свободны выбирать язык, вероисповедание, религию, так как рождаемся в улье.

Наш разум растет на страхе, подозрительности и мышлении, ограниченном общими целями.

Слишком много разногласий повлияло на наш менталитет, и каждый шаг мы должны делать в соответствии с призывами большинства.

Мы рождаемся свободными, но не можем позволить себе стать свободными из-за недостатков, присущих выживанию

Homo sapiens генетически настроен на стадное чувство и социальное поведение.

И наши жизни во имя касты, вероисповедания, цвета кожи, религии вынуждены становиться политическими.

Став гражданами в зрелом возрасте, мы можем иметь свободу воли со множеством "если" и "но".

Если мы не будем следовать правилам игры, нашу так называемую свободу в любой момент может закрыть общество.

Мы рождаемся свободными, но наша свобода не является свободой без ограничений, каждый должен следовать им.

Если вы сделаете что-то радикальное против воли вашего общества и нации, пузырь свободы лопнет.

Свобода разума - это граница меньшего и бесконечного, если вы бесстрашны и обладаете собственным доверием.

# Продолжительность нашей жизни всегда в норме

Продолжительность нашей жизни всегда в порядке.

При условии, что мы вовремя начинаем работать и обедать.

С друзьями в выходные мы наслаждаемся и пьем вино

Используем собственное время как единственный ресурс.

Перед смертью мы обязательно будем сиять;

В студенческие годы мы так и не поняли, что такое относительность.

У нас никогда не было времени, мы не слушали, что говорят наши родители.

Даже в дождливые дни мы видели только радугу на небе.

Как только мы выходим на пенсию после шестидесяти пяти и начинаем жить в одиночестве

Теория относительности автоматически приходит в наш гормон;

Мы скажем, что жизнь не так уж коротка, а время очень быстротечно.

Вечно в домене одинокой планеты мы не захотим оставаться

В пьесе под названием жизнь, с искренностью, пусть наша роль мы разыгрываем

Наше здоровье, органы, подвижность и разум начнут ржаветь.

В один прекрасный день мы будем счастливы покоиться на кладбище, собирая пыль.

# Мне не жаль

Кто-то ненавидит меня, это может быть моя вина

Кто-то злится на меня, это может быть моя вина.

Но если кто-то завидует и ревнует меня.

Вина может быть не моей, но это нормально.

И все же я люблю всех ненавистников и улыбаюсь им.

Я никогда не чувствую превосходства, но в том, что я чувствую себя неполноценным, виноваты они сами.

Они пытались совершить бесполезное интеллектуальное нападение.

Но не мстить и не прощать, я всегда решаю.

Я не могу остановить свой прогресс и движение в угоду другим.

Это навсегда убьет мой творческий потенциал и дух движения вперед.

Итак, мои дорогие друзья, я не сожалею и не могу вернуться назад.

Я делаю то, что люблю, для человечества, а не для вашей награды.

# Рано ложиться и рано вставать

Рано ложиться спать и рано вставать, делает человека здоровым, богатым и мудрым

Эта популярная поговорка может быть правдой или ложью, научных данных точных нет.

Тем не менее, ранние пять минут очень важны для дня, когда встает будильник.

Прежде чем отложить пробуждение на пять минут, подумайте трижды.

Эти пять минут, без сомнения, превратятся в два или три часа.

За то, что вы опоздали начать работу в течение дня, вы сами будете кричать

Сегодняшнее хорошее дело, которое должно было быть сделано сегодня, откладывается на завтра.

На следующий день те же пять минут принесут вам еще больше напряжения и печали.

Минуты постепенно превращаются в дни, недели и месяцы проходят медленно.

Времена года будут приходить и уходить, как обычно, не говоря вам ни слова.

Вы будете радостно встречать Новый год с друзьями и другими людьми.

Лучше ложитесь спать пораньше и вставайте пораньше, а также избегайте изящной остановки будильника.

# Жизнь стала простой

Жизнь стала такой простой: ешь, разговаривай или пользуйся смартфоном.

В самых оживленных торговых центрах, на улицах или в популярных ресторанах - та же картина.

Технологии полностью изменили наш образ жизни и способ самовыражения.

Но для этической смены парадигмы технология не имеет решения.

Люди становятся индивидуалистами и эгоцентристами.

В ухо новой цивилизации, наряду с homo sapiens, вошли все виды

Потребность в энергии для движения против гравитации и других сил осталась прежней

Голод и желание - основные инстинкты, до сих пор технология не способна их укротить

Жизнь и смерть, борьба за выживание и лучшую жизнь, все та же игра.

Технология - это непрерывный процесс, направленный на упрощение жизни, и в этом беспорядке виноваты мы сами.

# Визуализация волновой функции

Мир квантовых или элементарных частиц так же странен, как и космос

Как и удаленная на миллионы световых лет звезда, мы не можем увидеть глазами ни одной квантовой частицы.

Хотя элементарные частицы присутствуют в каждой материи, которую мы можем видеть, чувствовать и осязать.

Механизм нашего мозга ограничен, и мы можем видеть или чувствовать только косвенным методом

Концепция запутывания фотона или электрона также является косвенным наблюдением;

Через аналогию с парой туфель нам объясняют концепцию запутывания.

Но неопределенность, присущая чашке и губам, всегда остается с частицами.

Частицы по-разному соединяются во Вселенной, образуя видимые материалы.

И все же увидеть прекрасные протон, нейтрон, электрон и фотон невооруженным глазом невозможно.

Узнать о свойствах элементарных частиц можно только с помощью экспериментов;

Наши знания о Луне или ближайших планетах еще не полны и не исчерпывающи

Для познания элементарных частиц, Вселенной и космоса никто не может установить временные рамки

Цивилизация должна учиться, учиться и учиться новым теориям и гипотезам.

Но знания о сознании, разуме и душах для человека все еще остаются иллюзией и основой.

Когда-нибудь мы обязательно обнаружим коллапс волновой функции сознания, и ничто не сможет нас ограничить.

# Восемь миллиардов

Любовь, секс, Бог и война определяют судьбу экосистемы цивилизации

Окружающая среда и экология важны для того, чтобы климат находился в динамическом равновесии

Технология - это меч с двумя остриями, она может созидать или разрушать в зависимости от нашей мудрости.

Технологическому развитию не могут помешать любовь, секс, Бог и война.

Без любви и секса процесс эволюции остановился бы, не продвигаясь вперед

Рамаяна, Махабхарата, крестовые походы, мировые войны считались хирургическим решением.

Но сегодня технологии дают человечеству новые пути, мудрость и новое направление.

В то же время технологии толкают окружающую среду и экологию к разрушению.

Бог не смог объединить человечество, преодолев касты, вероисповедание, цвет кожи, границы и религию.

Только любовь и секс объединяют людей как людей и помогли нам стать восемью миллиардами.

# Я

Мое существование несущественно для мира, Солнечной системы и нашей галактики.

Потому что я могу вносить только беспорядок и увеличивать энтропию системы.

Нет никакого способа или возможности обратить вспять мой вклад в беспорядок.

Разумное использование энергии и материи в течение нашей жизни мы можем рассмотреть

Нет технологии, позволяющей избавиться от законов термодинамики, чтобы уменьшить энтропию

Единственное, что я могу сделать, это уменьшить загрязнение окружающей среды и свой углеродный след на этой планете.

Я также могу распространять улыбку, любовь и братство среди своих собратьев.

Люди сознательно уничтожают флору и фауну прекрасной планеты.

Нам кажется, что мы пришли на эту планету, чтобы потреблять и уничтожать природные ресурсы.

Но это необратимо изменило глобальный климат и его дальнейшее развитие.

Технологии могут дать нам различные, эффективные и многократно используемые источники энергии.

И все же рост энтропии однажды взорвется с уничтожающей силой.

# Комфорт опьяняет

Комфорт опьяняет и вызывает привыкание

Желание иметь пищу и кров соблазнительно.

Но в зоне комфорта мы менее продуктивны.

Ученые никогда не смогут изобрести что-то новое, живя в зоне комфорта.

Для изобретений они должны в одиночку отправиться в глубоководное плавание.

Желание людей иметь пищу, кров и одежду удерживает их на берегу.

Умные вскоре поняли, что миграция и импульс - в основе.

Смелые вышли из зоны комфорта и прыгнули в воду, не обращая внимания на рев моря

Желание исследовать новое и экспериментировать - основа изобретений

Цивилизация развивалась и прогрессировала благодаря миграции.

В мире, где царит неопределенность, нет безопасного убежища.

Стремление к зоне комфорта также ограничено квантовой вероятностью.

# Свободная воля и цель

Цель жизни - жить, жить и размножаться?

Или цель жизни - коллективная защита кода ДНК?

У нас есть возможность не размножаться, оставаясь одиночками.

Чтобы защитить генетический код, должен существовать треугольник.

Без отца, матери и детей код не будет работать.

Свободная воля всегда играет роль в принятии решений.

Но свобода воли связана с неопределенностью и переменными.

В области будущего цель свободной воли калечится.

Следовать своей интуиции и просто исполнять свою волю - простое правило.

Даже если ваша свободная воля и цель никогда не объединятся, будьте смиренны.

# Два типа

В этом мире есть только два типа людей, с которыми мы привыкли работать.

Пессимист, не проявляющий инициативы, и оптимист, всегда находящийся в движении.

Просто делай, не думая слишком много, и откладывай на завтра.

Один тип с позитивным отношением, а другой - с негативным.

Если мы слишком много думаем и анализируем о результатах, невозможно начать

В конце дня и, наконец, в конце жизни наша тележка будет пуста.

Снять якорь и пуститься в плавание, не думая о будущих штормах

Если вы будете бесконечно ждать ясного неба, вы никогда не достигнете звездной славы.

Примите реальность, что жизнь - это всего лишь случайная квантовая вероятность.

# Давайте ценить ученых

Давайте поблагодарим всех ученых, которые открывают квантовый мир

Мы не можем ни увидеть, ни почувствовать квантовые частицы нашими органами чувств.

Но наш мозг способен понять и визуализировать их.

Наука прошла долгий путь, раскрывая природу и постигая ее.

И все же мы не знаем, где находимся, слишком далеко или очень близко конечная точка;

Ученые провели много бессонных ночей, формулируя гипотезы.

Позже многие из них выдерживают строгую проверку и становятся теориями.

Кот Шредингера вышел из коробки с помощью квантового прыжка и переместился в природу

С помощью квантовых компьютеров ученые откроют новые возможности в будущем

Реальность для человеческого мозга, разума, сознания все еще остается иллюзорной, хотя мы и вошли в новую культуру.

# Жизнь за пределами воды и кислорода

Космос безграничен и продолжает расширяться.

Но иногда наш процесс мышления о космосе мы сами ограничиваем.

Жизнь возможна за пределами углерода, кислорода и водорода в бесконечности

Возможно, существует жизнь с сознанием, которая может получать энергию непосредственно от звезд.

Кислород и вода должны быть необходимы для жизни, в других галактиках это может быть нереально

Форма жизни, существующая на нашей планете Земля, может быть одиночной.

Тем не менее, вероятность существования такого же типа жизни за миллиарды световых лет также велика.

Поскольку природа любит разнообразие, то и различные формы жизни в других местах возможны.

Но с нашей физикой и биологией этот тип жизни может быть несовместим.

Возможность прямого поглощения энергии живыми существами в другой вселенной вполне разумна.

Мы все еще в темноте относительно темной энергии и ограничены границами света

Однако для различных типов форм жизни в далеких галактиках темная энергия может быть яркой

Как только мы преодолеем барьер скорости света, мы сможем путешествовать со скоростью, которую пожелаем.

Поиск экзопланет в других галактиках станет простым и справедливым.

А до тех пор наука не должна осуждать и списывать со счетов другие слои.

# Вода и земля

Три четверти нашей планеты Земля находится под водой.

Только на одной четвертой живем мы, гомо сапиенс.

Мир под океанами до сих пор не изучен.

Люди используют ресурсы почвы не по назначению.

Слава Богу, глубоководные исследования пока затруднены.

Осваивать космическое пространство гораздо проще и удобнее.

Поэтому даже на Луне идет гонка за строительство колоний.

Хотя пустыня Сахара по-прежнему загадочна для нынешней цивилизации.

Мы больше беспокоимся о том, чтобы захватить землю на Луне и начать строительство

Большая часть населения Земли до сих пор не имеет жилья

Необходимо исследовать космическое пространство и близлежащие атомы

Но обязательно нужно дать возможность выжить всем людям

Цивилизация начала свой путь с любовью ко всем ради своего прогресса и процветания.

Однако баланс между homo sapiens и другими людьми потерял целостность.

Для выживания человеческой расы мы должны искренне поддерживать баланс между окружающей средой и экологией.

# Физика имеет гармоники

С момента открытия сельского хозяйства прошло несколько тысяч лет.

Крестьяне по-прежнему обрабатывают землю и выращивают рис и пшеницу.

Старый рыбак идет к морю, чтобы поймать рыбу и продать ее на рынке

Ковбой и ковбойша поют старую мелодию, заученную от дедушки.

Не беспокоятся об искусственном интеллекте или инопланетянах, о которых они слышали.

Квантовая запутанность или экзопланета в далеком небе не имеют для них значения.

Скорее засуха и переменчивый климат беспокоят их урожайность

Неустанное использование химических удобрений снизило продуктивность почвы.

Миллиарды людей по-прежнему зависят от дождевой воды.

Плохие осадки могут привести их детей к нищете и голоду.

И все же наука продвигается все глубже и глубже, исследуя атомы и галактики.

Наука следует за природой и исследует ее, а не природа исследует науку.

Вселенная возникла не после написания законов физики.

Знание математики было базовым, и мы знали планетарную динамику.

В исследовании природы через физику есть все возможности для гармоники.

# Наука в области природы

У нас есть множество математических уравнений в физике, чтобы объяснить природу.

Но нет уравнения, позволяющего точно рассчитать дату смерти в будущем.

Некоторые люди умирают молодыми и здоровыми, а кто-то умирает старым и несчастным.

Нет уравнений, почему усилия, прилагаемые по доброй воле, и самоотверженный труд не приносят результатов.

Уравнения для точного предсказания землетрясения тоже есть

Предсказание стихийных бедствий и пандемий также является вероятностью.

Но нам нужно простое уравнение для определения совместимости и устойчивости брака

Научные предсказания должны быть на сто процентов точными и безошибочными

Иначе среди слабых людей астрологи всегда будут наводить ужас.

Наука - это не черный ящик, как религиозные тексты, написанные тысячи лет назад.

Многие ученые, страдающие синдромом "черного ящика", должны избавиться от своего эго.

В поисках истины следует изучить все возможности и вероятности.

Просто говорить о некоторых верованиях и ценностях как о суевериях без доказательств - грубо.

Наука в области природы и Бога всегда направлена на лучшее завтра и добро.

# Развивающиеся гипотезы и законы

Гипотезы и законы физики, метафизики эволюционируют со временем

До Большого взрыва могли существовать различные наборы законов, управляющих Вселенной.

Но для нас законы физики и природы существуют только в области времени.

Время может быть иллюзией или перемещаться из прошлого в настоящее и будущее, что важно для наблюдателя.

Без области времени у нас нет ни смысла законов, ни цели.

Технология следует за физикой, эволюционируя для улучшения качества жизни homo sapiens.

Но для других живых существ на планете Земля физика и технология - это инопланетяне.

Даже три четверти людей, живущих под океанами или морями, не имеют представления о физике.

И все же они живут комфортно и счастливо, не зная никакой математики.

Их путешествия и жизнь также проходят только в области времени, не заботясь о статистике.

Мы, разумные существа, взяли под контроль все в природе.

Но в процессе развития и прогресса мы не заботились о природе.

Знания космологии и элементарных частиц недостаточно для всех.

Без экологического равновесия и благоприятной окружающей среды однажды человеческая жизнь станет редкостью

Пусть ученые уравновесят процесс эволюции с изобретениями, для каждого справедливыми.

# Об авторе

Devajit Bhuyan

ДЕВАДЖИТ БХУЯН, инженер-электрик по профессии и поэт от души, умеет сочинять стихи на английском и родном ассамском языках. Он является членом Института инженеров (Индия), Колледжа административного персонала Индии (ASCI) и пожизненным членом "Асам Сахитья Сабха", высшей литературной организации Ассама, страны чая, носорогов и Биху. За последние 25 лет он стал автором более 110 книг, опубликованных различными издательствами на 40 языках. Из опубликованных им книг около 40 - ассамская поэзия и 30 книг - английская поэзия. Поэзия Деваджита Бхуяна охватывает все, что есть на нашей планете Земля и видно под солнцем. Он писал стихи о людях, животных, звездах, галактиках, океанах, лесах, человечестве, войнах, технологиях, машинах и всех доступных материальных и абстрактных вещах. Чтобы узнать о нем больше, посетите сайт www.devajitbhuyan.com или посмотрите его канал на YouTube *@careergurudevajitbhuyan1986*.

www.ingramcontent.com/pod-product-compliance
Lightning Source LLC
LaVergne TN
LVHW041700070526
838199LV00045B/1129